中国专业作家作品典藏文库

丁力卷

财经小说系列

生死华尔街

丁力 著

中国文史出版社

总　序

虽然我的深圳作协副主席要等换届才能免去，但我实实在在是一个已经办理退休手续的人。为准确核算我的退休工资，社保部门把我的档案翻了一个底朝天，结果发现我的初级、中级职称是助理工程师、工程师，但副高、正高职称却是文创二级、一级，它们准确无误地记载了我从一名专业工程技术人员向作家转变的过程。

我认为工程师和作家的本质一样，都是“创作”，只不过区别于侧重“工创”还是“文创”而已。科学家的任务是发现自然规律，工程师则利用这些规律创造发明出有利于人类健康与进步的新产品新技术，这和文学理论家与作家的分工一致。对于我1988年获得安徽省自然科学奖，我认为是当时没有严格区分“科学”与“技术”的结果，好比如今仍然有人认为作家就该是“文学家”一样。可我真的不是“文学家”，只是特别善写而已。1990年我原单位冶金部马鞍山钢铁设计研究院举办科技成果展，我一个人展出的论文和著作超过全院2000多名工程师的总和，这并不表明我的专业水平力盖群雄，而仅仅是因为我特别善写，这也可以解释2001年我卸任上市公司高管后，为什么能突然成为“高产作家”。

善写主要是遗传。我很小就记得父亲一天到晚在写，更记得当年父亲为如何藏匿小说书稿而流露出的焦虑与恐惧。尽管由于时代局限，父亲写了一辈子的书却没有出版一本，但他善写的基因却遗传给了我。自 2003 年正式成为“坐家”以来，我平均每年在省级以上纯文学期刊发表四个中短篇，正式出版三部长篇，至今为止，已正式出版长篇小说和中短篇小说集五十部。但此情景到 2020 年似乎戛然而止，并非我失去了写作的兴趣与能力，而是如今的出版业遭遇了空前的窘境，我手上已经积压数本书稿了，还写吗？

正当我打算放弃长篇小说创作而只为杂志社写中短篇甚至只写散文随笔的时候，得知中国文史出版社打算精选我的七部小说再版，只是版税可能不如首版那么高，问我能不能接受。我不敢相信这样的好事正好砸到我头上。我打电话给周思明老师，他和我一样，特别善写，我们并称深圳的“二高”，我是高产小说家，他是高产评论家，“一天不写就难受”，所以我们虽然私下交往不多，但彼此视为同道人，并且我相信作家是常年埋头拉车，而评论家有时会抬头看路，所以这种类似天上掉馅饼的事，我首先向周思明求证。

“真的。”周思明非常笃定地说，“肯定是真的。”

“为什么？”我问，“你凭什么这么肯定？”

“因为我最近接到北京一家文学研究机构的电话，他们约我写一篇有关‘创业文学’的综合评论，还特别提到了你，说你的小说无论以前叫老板文学、商情文学还是财经小说，现在都归类为‘创业文学’，这说明，在中国改革开放四十余年之际，创新和创业被提到更高的位置，这时候他们不再版你的小说再版谁的？”

我信了，赶紧签订再版合同。

这次再版的七部小说《高位出局》、《透资》、《上市公司》、《职业经理人手记》、《生死华尔街》和《苍商》、《赢家》，其中前五部的初版均在清华大学出版社，《高位出局》、《透资》（《高位出局2》）和《上市公司》（《高位出局3》）都上了当年的畅销书排行榜，其中《高位出局》还获得中国书业2007年度“最佳商业图书·新人奖”。其实我2001年底发表小说处女作，2002年辞职专门当“坐家”，2003年开始出版长篇小说，因此到2007年也已经不能再算“新人”了，他们之所以颁此殊荣，大概是该书多次加印，累计发行量比较大的缘故吧。

清华大学出版社一般只做专业书，如电子计算机之类，能一下子出版我的五部长篇小说，是因为他们把我的小说归类为“财经小说”，如此，我的长篇小说又可被列为“财经类图书”，从而符合他们的出版范畴了。

从年龄上说，我的创作比较晚，来深圳之前是冶金部马鞍山钢铁设计院的工程师，但思想比一般的工程师活跃。1991年，随着中国市场经济的全面推进，我似乎看到了成为“大老板”的希望，于是辞职下海，投身中国改革开放的前沿阵地和中国市场经济最成熟的城市——深圳，先后拼搏十一年，其间还去过海南和武汉，一度也似乎已经成为“大老板”，先经营七家娱乐城，后出任金田华南投资公司董事长，在广州有二十三家连锁超市、一个灰狗巴士公司和两个地产项目。2000年上市公司新的财务制度落实后，金田集团退市，我的“事业”因之归零。此后也应聘民营投资公司总经理或证券机构操盘等，但终究不适应再“打工”的生活。为了延续自己的“老板”梦，我开始写小说，心里想，当不了大老板，还不能写大老板吗？于是，一口气创作出版了十几本书，内容都围绕着“老板”，所以我的小说起初被称为“老板文学”。后来《金潮》杂志发表文章，分析我的创作现象，称我是“中国最具爆发力的金融小说作家”，于是我的小说又成了“金融小说”。再后来，山东师范大学选择研究我的创作作为硕士研究生的论文专题，论文称我的小说为“商情文学”。最近，著名高产评论家周思明则告诉我，中国社会科学院下属的《中国文学批评》杂志将我的小说归类为“创业小说”。但我自己更认同清华大学出版社的“财经小说”定位。

这七本书中的故事都是虚构的，但其中的人和事都是有生活原型的，甚至有些就是我自己的经历，有些是我身边同事或朋友的经历。比如《高位出局》当中的王艳梅，原型是金田退市后我当“坐家”前为其打工的女老板。那段时期我是动荡的，也是迷茫的，除了给王艳梅这样的民营企业老板当总经理之外，也有过证券公司和机构操盘经历，这段时间虽然不长，但给我的冲击却是前所未有的——原来公司可以这样运作！原来他们是这样当老板的！原来股市的内幕是这个样子！我的内心受到了强烈的震撼，这种震撼激发了我用小说的形式披露这些内幕的冲动，于是直接把这种自己的经历与感受写在《高位出局》《透资》《上市公司》《职业经理人手记》等小说中，其中《高位出局》中最长的那个故事曾经以《股市内部消息》的题目，发表在《中国作家》杂志2004年第6期上。

虚构成分最多的是《生死华尔街》，因为彼时我还没有去过美国，更没到过华尔街，写华尔街只能靠虚构。创作这部小说的直接动因是想用小说的形式揭示2008年美国次贷危机的内幕。中国作协创研部主任牛玉秋老师评价说：“在阅读《生死华尔街》之前，我始终没搞懂‘次贷危机’到底是怎么回事。看了丁力的

《生死华尔街》，我不但自己明白了，而且还能给别人讲解美国的‘次贷危机’了。”

《苍商》写的是几个湖南人闯深圳的故事。这也是有生活原型的。我虽然是安徽人，但 1977 年恢复高考后，我从安徽考到了湖南，班上同学有一半是湖南人或毕业后留在了湖南，他们大都分在湖南各地的冶炼厂，所以，小说中刘劲龙来深圳之前于冶炼厂干的那些事以及他昂首挺胸走出冶炼厂大门南下闯深圳的场景，在我当时写的时候，脑海中呈现的就是我们班同学“刘劲龙”的形象，所以才让读者感觉这个人物很具体、很真实、很生动。

《赢家》写了打工青年麻近水的故事。一看这个“麻”姓，就知道是湘西少数民族人，也因我兼任吉首大学教授，经常去湘西首府吉首市，并且湘西人客气，每次去，作为湘西少数民族人的田茂军院长都带我领略当地风俗，所以在后来创作《赢家》时，不知不觉就把“麻近水”设计成了主人翁。

麻近水的故事令人心酸。不仅因为他得了尿毒症，更因为他为之打工的老板与他是同期的考生，考分不如麻近水，却因为是大城市的城市户口而被录取，考分更高的麻近水却名落孙山。好在麻近水不屈不挠，最终凭着自身的努力终于在深圳站稳脚，成为真正的“赢家”。

这七部小说中，主人翁与我本人真实经历最接近的是《职业经理人手记》，该书也被称为“中国第一部本土 MBA 教材”，我也因此被邀请到清华大学经济管理学院讲课。回想自己一辈子没能成为清华的学生，却当了一回清华的老师，也算是文学给我的莫大奖赏吧。

2018 年作家出版社出版我的长篇小说《图书馆长的儿子》，

细心的读者又给我留言："原来这个才是真实的你啊！"其实都不是，小说源于生活，又不等同于生活，《职业经理人手记》和《图书馆长的儿子》中的主人翁确实都有我自己的影子，但又不完全是我自己经历的真实写照，否则，怎么会有两个"我"呢？

丁　力

2020年12月13日

目　录

第一章　透资就是放大投资

石晓晴总是在凌晨一点多钟给远在纽约的石晓雨打电话。这倒并不是她出于时差考虑而充分体谅对方的缘故，而仅仅是因为她只有这个时候最清闲。

石晓晴的基本生活日程具有特区悠闲阶层年轻女性的典型特点。上午一般睡到十一点，醒来之后，第一件事情是披上睡袍上厕所，然后甩掉睡袍一丝不挂地站在电子磅上，再低头弯腰看清楚自己的重量。如果数字显示低于54KG，则能保证一天的好心情。为了能获得好心情，必须先上完厕所并且是光着身子称。称完之后，才刷牙洗脸整理床铺简单化妆外加喝一杯牛奶，然后出门。

之所以简单化妆，并不是她对自己的外在形象不重视，恰恰相反，她太重视了。正因为太重视，所以她这时候出门多半是去美容院。既然是去美容院，当然就只需简单化妆，匆匆走过不被人侧目就行了。

石晓晴是美容院的老客户，熟，上上下下都熟，所以去之前往往先打一个电话，让美容院代她订一份香港嘉好茶餐厅的外卖，等石晓晴到达美容院的时候，嘉好的外卖也刚好送来。因此，石晓晴通常是先享受早餐兼午餐，并且享受完之后再点一支摩尔烟，让口腔和呼吸道干爽起来，然后才开始做面部保养。

在石晓晴看来，女人的美容院往往相当于男人的高尔夫俱乐部，也是重要的社交和信息交流场所，所以，石晓晴在美容院常常一待就是一个下午。晚上，准确地说是晚饭之后，石晓晴几乎是雷打不动地去打麻将。一直打到次日凌晨一点。凌晨一点散场，回到家一点多一点。这时候大脑还没有蔫，还保持着清醒，还没有从麻将桌上的兴奋中完全解脱出来，如果当晚赢钱或做成一把大和，则保持兴奋的时间更加长，不可能立刻入睡，但深更半夜又不能随便打扰别人，所以最好的消遣方式就是给石晓雨打电话。

因为石晓雨是她的姐姐，可以随时打扰。

石晓晴给石晓雨打电话也不完全是消遣，有时候确实有事。比如今天，她就在电话里询问了关于次贷危机的事。之所以要询问，并不是石晓晴认为美国发生次贷危机对她在国内的投资和财产保值升值已经产生了很大的影响，也不是她突然之间胸怀大志放眼全球了，而仅仅是因为她在美容院听说了这件事，并且，凭她的感觉，这是一件很重要的事，至少是当下大家关注的一个热门话题。所以，石晓晴觉得自己应该弄清楚。只有弄清楚了才能获得话语权——获得最权威的话语权。

石晓晴是个有心计的女人，她发现在朋友圈子中，话语权是相当重要的。谁拥有了话语权，特别是拥有了权威性的话语权，谁就能赢得朋友的尊重，巩固自己在圈子中的地位。不经常买单也巩固地位。不是有一本书叫《圈子决定地位》吗？石晓晴的认识是恰恰相反，不是圈子决定地位，而是地位决定圈子，有什么样的地位就有什么样的圈子，而进入这个圈子之后，第一件要做的事情就是巩固自己在这个圈子里面的地位，然后才有可能上升到更高一级圈子里面去。

石晓晴发现，人的一生其实就是在不断地跳圈子啊。

石晓晴打电话向石晓雨问清楚这个问题之后，明天，或者是后天，甚至是以后的任何一天，当周围的人再谈论这个话题的时候，石晓晴就先不动声色地听着，等听出对方的破绽了，或等对方说完了，她才假装不经意地轻声说："这个啊，我姐昨天刚刚从华尔街给我打来电话，聊了半天呢。"然后，可以想象，大家一定会把全部的注意力集中到她身上，一齐盯着她，用渴望和羡慕的眼神盯着她，等待她往下说。毕竟，她是直接转达来自华尔街的声音啊。如果那样，石晓晴不是比股市上又赚了十万或手上的房产价格又攀升十个百分点更开心吗？

石晓晴确实属于典型的悠闲阶层，但她并不完全"闲"着。她做投资——股票和房产投资。之所以选择股票和房产，而没有选择实业，主要是为了省心，不麻烦。如果不是选择股票和房产，而选择做实业，比如开个工厂或饭店，那还不把她忙死了？即使不忙死，也被活活烦死。石晓晴是最怕麻烦的。她认为所谓悠闲就是没麻烦，如果麻烦不断，即使再有钱，也还是不能悠闲。因此，宁可不赚钱，也不愿意找麻烦。但她年纪轻轻的，又不可能完全“闲”着，所以，石晓晴就选择了她认为最省心的股票和房产投资。

除了省心之外，做股票投资的最大好处就是方便并可以随时兑现。方便自不必说了，在电脑上随便敲几下就完成交割了。即使是在外面，身边没有电脑，也不方便上网，没关系，在手机上输入交易密码和几个相关数据也能搞掂。石晓晴认为，股票投资是世界上最方便的投资。而人都是懒的，都是想图方便的，并且越来越懒，越来越图方便，所以，今后会有越来越多的人投资股票，股票的价格也一定会水涨船高的。

至于可兑换性，也很重要。投资股票，不管是赔是赚，是赔多少还是赚多少，想出手的时候立刻就可以出手，想买进来的时候就可以立刻买进来，几乎没有任何限制。自由，不受制于人。石晓晴喜欢自由和不受制于人。但既然如此，石晓晴为什么没有全部投资股票，而拿出差不多一半的资金来投资房产呢？哎，这就是她有一个姐姐的功劳了。当初石晓晴在电话里对姐姐津津乐道说起投资股票的种种好处的时候，大洋彼岸的石晓雨则说，股票投资好是好，但不方便透资。

“什么叫透资？”石晓晴问。

“就是透取资金。”石晓雨说。

“什么叫透取资金？”石晓晴又问。

“就是假如你有一百万资金，如果买股票，你只能买价值一百万的股票。”石晓雨说。

"那当然。"石晓晴说。

"但如果买房产，则可以买价值三百万的房产。"石晓雨说。

"啊，知道了，"石晓晴说，"可以按揭。"

"对，"石晓雨说，"按揭就是一种透资。"

"明白了。"石晓晴说。

石晓雨还告诉石晓晴，除了可以透资外，投资房产的另一大好处是收益稳定。

"怎么说?"石晓晴问。

"股票的波动性比较大，"石晓雨说，"几乎每天涨涨跌跌。"

石晓晴说是，不是"几乎"每天，是"肯定"每天都有波动。股票价格不波动，那么K线不就成一根横线了？不要说K线成横线了，就是基本成横线，比如成一截一截的小平台，也基本上等于没有交易，死定了。

"而房产价格是相对稳定的。"石晓雨又说。

石晓晴说是，哪有房子价格天天变化的。如果房地产价格像股票的价格一样波动，不要说每时每刻波动，就是一天波动一次，今天谈好的价钱明天就变化，那么也就永远没有办法成交了。

"并且房产价格总的趋势是向上的。"石晓雨接着说。

石晓晴说："是，我现在居住的半山花园，2001年买的时候三千多一平方米，现在六千多一平方米，差不多涨了一倍，而且还在往上涨。"

"所以，"石晓雨说，"你最好不要把全部的资金放在股票上，可以适当分一点出来放在房产上。”

石晓晴没有马上说“是”，而是在想。毕竟，投资方式和方向的转变是一个大事情，不能不想。

“但是……”石晓晴说，“房产买卖是很麻烦的。”

“你说的是可兑换性吧？”石晓雨问。

石晓晴没有立刻说是，她不敢确定。

“也就是不方便随时变现。”石晓雨解释。

“对对对，我就是这个意思。”石晓晴说。

“对是对，”石晓雨说，“可你不需要所有的投资都随时变现啊。”

石晓晴一想，也是，不可能天天遇上急需用钱的事情，就是真遇上了，有一部分资金随时变现就可以了，没有必要把全部的资金都投资在可以随时变现的股票上，完全可以分出另一部分资金放在相对稳定并且可以放大投资的房产上嘛。

石晓晴认为透资就是“放大投资”。

石晓雨说对，你完全可以这么理解。

于是，石晓晴就卖出去一部分股票，抽出资金，用按揭的方式分别在罗湖、南山、福田各买了一套商品房。

一下子买三套房子，当然不是为了自己住，而是为了投资。用她自己的话说，就是“放大投资”。所以，现在的石晓晴看上去是个标准的“闲人”，但事实上她并不“闲”，而是时刻关注股票涨跌和房地产行情，关注中国甚至是世界的宏观经济大形势。可是，她毕竟是学表演的，又不喜欢太动脑筋，别说变幻莫测的复杂经济现象了，就是最基本的经济学名词她都闹不懂，更懒得记。好在她有一个姐姐，一个在美国纽约华尔街工作的姐姐，因此，她可以随时通过越洋电话从姐姐那里获得最新鲜最准确的经济信息，不仅能满足自己的投资需要，而且可以在朋友面前炫耀。所以，石晓晴凌晨一点给姐姐石晓雨打国际长途不仅是一种消遣，更是一种实际需要。有事没事，在麻将之后睡觉之前给姐姐石晓雨打一个电话，已经成为石晓晴的一个习惯。特别是最近一两年，由于股票暴涨、房地产飙升，每次和姐姐的通话都相互通报好消息，久而久之，凌晨电话逐渐变成石晓晴一项不可或缺的生活内容了。

但是，今天的电话却让石晓晴吓了一跳。

第二章　孪生姐妹

像股票和房地产是一对孪生兄弟一样，石晓雨和石晓晴也是一对双胞胎。她们是孪生姐妹。

石晓雨和石晓晴的出生纯属意外。不仅母亲怀上她们俩是意外，而且一下子生出两个更是意外。而如果不是一下子生出俩，按照国家计划生育政策，城市正式职工家庭一对夫妇只能生一胎，那么，不是没有石晓晴就是没有石晓雨。但到底是没有石晓晴还是没有石晓雨，她们俩争论了这么多年，也没有最终争论清楚。按照石晓雨的观点，她是姐姐，如果母亲当时没有生双胞胎，只生一个，那么当然只能是她，而不是妹妹石晓晴。

“如果那样，就没有你了。”石晓雨说。

但石晓晴不这么看。石晓晴认为，虽然石晓雨是“姐姐”，但她这个“姐姐”是假的，她才是真姐姐。

石晓晴这样说也不是倚小卖小，蛮不讲理。事实上，石晓晴确实比姐姐石晓雨早出生。她从妈妈肚子里生出来几分钟之后，石晓雨才慢腾腾地出来，所以，她才应该是“姐姐”，石晓雨本来是“妹妹”，只不过按照中国的老传统和旧习惯，认为先生出来的是老小，后生出来的才是老大，理由是：越小越容易出来。因此，虽然明明是石晓晴先来到这个世界上，但却一直被当成妹妹，而后来到这个世界的石晓雨，却一直被当成姐姐。石晓晴不服，说这个传统和习惯与中国人说的“虚岁”一样，不科学，不合理，应该得到纠正，要恢复事物的本来面目。可是，石晓晴争取了二十多年，非但没有纠正过来，反而被来自美国的姐夫说服了。姐夫虽然也是华人，但不是中国人，因为他爷爷就是在美国出生的，更不用说他了，所以姐夫算是华裔美国人。但姐夫却说，其实中国的文化才科学，比如“虚岁”，就是把孩子在母亲肚子里的十个月也算进来了。

“难道在母亲肚子里的孩子不该算岁数吗？”姐夫问。

当然应该算。石晓晴第一次发现自己无话可说。

“所以，”姐夫说，“中国很多看起来并不科学的传统和习惯其实是有科学道理的。只不过现在还没有被彻底认识罢了。”

“中国的文化博大精深啊。”姐夫又说。

石晓晴更加无话可说。如果说，该怎么说？难道她说我们中国的文化赶不上美国？那不是不爱国吗？石晓晴是爱国的，而且她也确实相信中国人聪明，中国的文化确实比美国悠久。于是，从那之后，石晓晴不再坚持姐姐妹妹的事，甘愿当妹妹了。

当妹妹好，石晓晴自我安慰地想。当妹妹可以在姐姐面前耍赖皮，可以在姐夫面前撒娇，而如果当姐姐，好意思在妹妹面前耍赖皮？好意思在妹夫面前撒娇吗？所以，如今的石晓晴已经不再为姐姐妹妹的事情争论，并且进一步自我安慰地想，如果现在真让我当姐姐，让石晓雨当妹妹，我还不习惯了呢。

我们再说母亲怀上她们是意外的事。

简单地讲，是未婚先孕。

这在现在是小事，小得不能再小的事，可在当时是大事。

石晓雨和石晓晴出生在岳麓山脚下的长沙市第三人民医院。父亲石学礼当时是冶金部长沙矿冶研究所的技术员。母亲何竹青是湖南省艺术学校唯一的一届工农兵学员。之所以要说“唯一的一届”，是因为按照毛主席“七·二一”指示，恢复专业教育主要指的是理工科大学，所以一开始轮不到湖南省艺术学校恢复招生，等轮到他们，并且也照着理工科大学那样招收一批了，还没有等这届工农兵学员毕业，就发生了毛主席逝世、“四人帮”倒台等一系列事件，国家拨乱反正恢复高考了，所以，母亲何竹青他们就成了“唯一的一届”。

父亲和母亲是在照相馆认识的。

湖南省艺术学校和冶金部长沙矿冶研究所都在长沙市河西岳麓山脚下的左家垄。两个单位之间隔着一条不宽的街道，街道上有一个照相馆。“文革”结束之后，拨乱反正，要实现四个现代化，其中关键是科学技术的现代化，于是，工程技术人员和各行各业的知识分子都要恢复评定技术职称。因为申报表上要贴照片，所以等到星期天，石学礼兴高采烈地去照相馆照相。大概是左家垄附近大专院校和科研院所比较集中的缘故，而且这些单位的工程技术人员和其他知识分子也都要评定技术职称，所以那天赶来照相的人也就特别多。人多就要排队，排蛮长的队。何竹青虽然没有资格评定技术职称，但即将毕业，要照毕业照，那天也在排队，并且碰巧排在石学礼的前面。排了很长时间，临到要排到的时候，何竹青前面突然轧进来一个人，一个和何竹青一样年轻一样漂亮的女人。轧得很优雅，笑嘻嘻地轧进来。石学礼有些不高兴，但想到好男不跟女斗，算了，不就是轧一个人嘛，所以并没有说话。可是，他刚刚想着算了，何竹青那里又轧进来一个人，一个又是同样年轻同样漂亮的女人，而且一样笑嘻嘻地轧进来，轧得理直气壮，一点愧色都没有。三个姑娘围成一团，判若无人，嘻嘻哈哈打打闹闹，仿佛是在故意气石学礼。这下，石学礼真生气了。

“不得轧队。”石学礼说，“自觉一点！”

“谁不自觉？”其中一个姑娘回敬说，“她是我同学。”

“她”指的就是何竹青。

“同学也不能轧队！”石学礼严肃地说。

“谁轧队了?！谁轧队了?！”三个姑娘一齐嚷起来，“谁看见我们轧队了?！我们还说你轧队呢！”

“我看见你们轧队了。”石学礼说，“刚才明明是她一个人在这里排队的，怎么现在一下子冒出三个？不是轧队是什么?”

“我们三个是一起来的，”另一个姑娘说，“她一个人在排队，我们俩上厕所去了。怎么，连我们去上厕所你也要管？你管得也太宽了吧。”

“哈哈哈哈……”三个姑娘一起笑，硬是把石学礼笑跑掉了。

本来这件事情就这么算了，上午没有照成，下午再去一趟就是了，没什么大不了的，石学礼也没有往心里去。可是，半个月后，石学礼去岳阳铅锌矿出差，回来的时候在长途汽车上，竟然又碰见了何竹青。

何竹青是在汨罗上车的。上来的时候车上已经没有座位，并且她年纪轻轻的，所以也就没有人给她让位置。于是，她就只能站着，站在石学礼的跟前。石学礼眼睛钝，一下子没有认出来，但明显感到这个姑娘面熟，好像在哪里见过，甚至是打过交道，但到底在哪里见过，打过什么交道，一时还真没想起来。于是，他把眼镜扶正了一正，盯着对方再仔细看看，怕如果是熟人不打招呼就非常失礼了。

“是你呀，”姑娘先说话了，“上次照相馆的事情真不好意思。不过我也没有办法，一个班的同学，她们要轧队我也不能不让。”

“啊、啊，是你呀，”石学礼终于想起来了，“没关系没关系。你也出差?”

姑娘咯咯咯咯地笑起来，说：“这位老师真会开玩笑。笑话我呢？我还没有毕业呢，哪里有资格出差。”

然后，姑娘告诉石学礼，她叫何竹青，是省艺术学校的学生。

石学礼当然相信何竹青的话，但又有点疑惑。省艺术学校就在矿冶研究所的对面，在石学礼的印象中，那里的学生都很年轻，十四五岁的样子，好像还没有发育完全，而眼前的何竹青无论是面相还是待人接物的方式怎么看也二十多岁啊。

“啊，您看上去像老师呢。”石学礼说。

“太老了是吧?”何竹青问。

“不是不是，”石学礼说，“是比较成熟。看上去比较成熟。”

“哈哈哈……”何竹青又笑了。笑完之后才说：“你们知识分子真有意思，成熟不就是老嘛。”

何竹青这么一说，把石学礼也逗笑了，并且有些不好意思。

“工农兵学员，”何竹青自己解释说，“社来社去的，马上要毕业了，这不，回去联系工作的。”

“联系好了吗?”石学礼关切地问。也可能并不真关切，只是一种语言习惯，习惯性地表示关切。

“没有，”何竹青说，“我本来是公社毛泽东思想宣传队的，现在宣传队都解散了，社来社去，哪儿来哪儿去，你说我该回到哪儿去?”

是啊，石学礼想，宣传队都解散了，该回哪里去呢?

石学礼突然有点同情起何竹青来。没想到这么嘻嘻哈哈开开心心没心没肺的姑娘，还有这么大这么现实的人生烦恼呢。

石学礼给何竹青让座。何竹青不接受，并说自己喜欢站着，还说学舞蹈的人都喜欢站。

何竹青说她后悔了，早知如此，不如不来上学，直接去县剧团。

何竹青说如果她不来省艺校，就直接去县剧团了。

何竹青怕石学礼不信，还补充说她是公社宣传队的主角，在

《小刀会》当中主演周秀英呢。《小刀会》来长沙参加汇演，她被县剧团和省艺术学校同时看中，但她选择了来省艺校学习。

“学习好。学习好。”石学礼说，“你选择来艺校学习是对的。”

“好什么好，”何竹青说，“本以为来省里学习可以谋得更好的前途，没想到现在连工作都成问题。”

石学礼无话可说了。计划赶不上变化。他是“文革”前最后一届大学生，考上大学的时候高高兴兴，可进大学之后，正经上学没到一年，就赶上史无前例的无产阶级“文化大革命”，上学的几年基本上是参加各项政治运动的几年，没学到正经的专业知识，现在突然要搞四个现代化，只好边干边学，从最基本的专业基础课补起。

车到长沙，他们一起出站，一起乘轮渡去荣湾镇，再一起乘公共汽车到鱼湾寺。等他们到达左家垄的时候，天已经完全黑了。

“一起吃个饭吧。”石学礼提议。

何竹青矜持了一下，答应了。

不用说，晚餐是石学礼付的账。他是男人，又是拿工资的人，总不能让社来社去的女学生付账。

何竹青不想占别人的便宜，分手的时候，从挎包中取出一瓶用水果罐头瓶装着的腊八豆，递给石学礼。石学礼不是本地人，但他吃过腊八豆，是单位同事带到食堂来的时候大家一起品尝的，所以他知道这是好东西，好吃。

石学礼眼睛盯着罐头瓶，并没有伸手，而是问："是你妈妈特意为你做的吧？"

何竹青点点头，表示是。

"就一瓶吧？"石学礼又问。

何竹青笑了，还是点点头，表示是的，就一瓶。

石学礼不要，并且开玩笑地说君子不夺人所爱。

何竹青急了，坚持要石学礼收下，反复强调这东西她从小吃到大，不稀罕的，还说她家里多得是，只带一瓶并不是家里没有，而是她一个星期只能吃一瓶，要早知道碰上石学礼，该多带两瓶来的。

"那你下次就多带两瓶吧，"石学礼说，"下次多带两瓶的时候，再给我一瓶。"

石学礼当然是说着玩的，但何竹青认真了。一个星期之后，何竹青找到矿冶研究所，找到石学礼，给他送来满满一大瓶腊八豆。

由于当天是礼拜天，单位没人上班，石学礼也不在办公室，所以，何竹青找石学礼还费了一点事。具体地说，就是问了很多人找了很长时间才把他找到。于是，几乎全研究所的人都知道有一个漂亮的大姑娘拎着一大瓶腊八豆来找石技术员了。

第二天一上班，单位的同事嚷嚷着要石学礼请客。个别同样是单身的男同事还假装生气，说石学礼你这小子也太不够意思了，说好了大家一起打一辈子光棍的，没想到你背信弃义，偷偷地找了这么年轻漂亮的一个女演员，不行，把腊八豆交出来，大家分享。

腊八豆是肯定要大家分享的，但石学礼死活不承认他是背信弃义，一再强调何竹青不是他的对象，只是一般的朋友，还具体地说头一次是在照相馆认识的，后来在长途汽车上正好又碰上了，所以大家就成了朋友。

石学礼的解释不可谓不详细，也不可谓不诚恳，可是，除了他自己相信之外，单位的同事没有人相信。或者说是已经相信了，但假装不相信。大家继续开玩笑，继续找乐，说第一次认识可能是碰巧的，但第二次在长途汽车上碰到肯定是精心策划好的，要不然哪有那么巧的事情？令石学礼有口难辩，越描越黑。

当然，如果仅仅只有那么一次，时间长了，玩笑不攻自破，大家肯定也就渐渐淡忘了，问题是，下个星期天，何竹青又来了，并且又是带了一大瓶腊八豆。这次，她不用到处问人了，轻车熟路，径直找到石学礼的单身宿舍。这下，石学礼没话说了，不是谈恋爱也是谈恋爱了。并且，同事们也不开玩笑了，见到何竹青来，一个个变得非常有节制，非常有礼貌，客客气气地打招呼，然后客客气气地找了一个借口溜出去了，把宿舍留给石学礼和何竹青单独在一起。

一次、两次，三次、四次，何竹青坚持每个星期都来，每次来都雷打不动地带上一大瓶腊八豆，并且每次来了之后都帮石学礼把宿舍打扫干净，东西归顺整齐，甚至还自己买来年画装点墙壁，搞得整个宿舍焕然一新，以至于同事回来的时候都以为走错了房间。关键是，每次何竹青走的时候都冷静地把上次装腊八豆的水果罐头瓶洗干净带走，表明她一个礼拜之后义无反顾地还要再来。

一个礼拜一大瓶腊八豆，当然不是石学礼一个人享受。每次来了都把宿舍打扫干净，房间也不是石学礼一个人住。于是，无形当中，何竹青在研究所居然有了一定的人缘。特别是和石学礼同住一个宿舍的邓光辉，脾气暴力气大，以前和石学礼住在一起的时候还多少有点欺负石学礼，可这回表现得高风亮节，不但每次何竹青来的时候他都自觉地找理由躲出去，而且有一次几个单身汉喝了酒，当着那么多人的面，邓光辉竟然把石学礼骂一顿，说："你小子要是不娶了人家何竹青，你他妈的就不是人！你有什么了不起的？人家姑娘哪点配不上你？"就这样，也不知道是邓光辉骂的缘故，还是何竹青主动的缘故，总之，石学礼这边还没有公开承认他与何竹青处朋友呢，那边就发现何竹青已经怀孕了。这一怀孕，就不是谈恋爱的问题了，而是结婚的问题了。如果不迅速结婚，那不等于是石学礼玩弄女性？这在当时可是大罪呀。

石学礼厚着脸皮找到领导，要求开证明领结婚证。

领导说开证明没问题，结婚也没问题，但单位没有房子。

石学礼说房子问题他自己解决。

领导疑惑，问他怎么解决。

石学礼说就在现在住的单身宿舍结婚，邓光辉他们已经挤到其他宿舍去了。

领导说："既然如此，那我就恭喜了，如果还有什么困难，尽管说。"

石学礼说确实有困难。

领导问什么困难。

石学礼说他对象何竹青马上要毕业了，可还没有落实分配单位。

领导没想到平时看上去老实巴交的石学礼关键时刻竟然给鼻子就上脸，还真提出了这么大一个要求。领导想了想，又问了一下何竹青的具体情况，包括何竹青上的是哪个学校、学的什么专业等等，最后领导表态，说这个事情有点麻烦，主要是专业不对口，所以他一个人做不了主，要集体研究。

石学礼以报喜的心情把情况对何竹青说了。何竹青不动声色，先回老家也开了证明，再返回长沙与石学礼把结婚证领了，然后才对石学礼说，你真单纯，领导说集体研究，那就是不答应的意思，并且把不答应的责任推给集体。

何竹青那天这样说的时候，其他几个单身也在，邓光辉立刻就赞同何竹青的观点，说是，当官的没一个是好东西，说得好，做得差，主动问你有什么困难，等你真说出自己困难了，他又说这事情难办了，专业不对口了。屁！他自己的老婆以前也是文工团的，连学历都没有，有什么狗屁专业？不是照样在后勤当科长。我看嫂子好歹还有个学历，当资料管理员绰绰有余。石学礼你不要怕，明天我陪着你，先找工会，后找团委，不行再到党委，一个部门一个部门地找，他们不是口口声声地说关心爱护科技人员吗？现在遇到实际问题了，我看他们管不管。

邓光辉这人胆子大，起码是假装胆子大。他说到做到，第二天就真拉着石学礼一个部门一个部门地据理力争，搞得好像是他自己的事情一样。别说，给他这么一折腾，问题还真给解决了。并且解决的结果比邓光辉石学礼要求的还要好，没有安排何竹青当资料管理员，而是安排她在办公室，负责接待和摄影。不过，后来据消息灵通人事说，最后问题得到解决的根本原因并不是邓光辉据理力争的结果，而主要是长沙各大学那批社来社去的工农兵学员集体到省委上访的结果。由于上访的人比较多，而且这些人刚刚经历过“文化大革命”，并且他们中的很多人在那场史无前例的运动中都是急先锋，很能说也很能闹，会造声势，省委有些招架不住，于是借口安定团结，下了内部文件，鼓励有条件的企事业单位接收这批人，石学礼的单位虽然直属冶金部，但在很多事情上服从地方管理，想必也获悉了文件精神，于是，就汤下面，果真安排何竹青进了研究所。

尽管如此，何竹青还是非常感激邓光辉，说将来有了孩子，一定认他做干爹。而邓光辉则说，当不当干爹无所谓，嫂子你要是真想感谢我，照你自己的样子给我介绍一个对象，我就给你磕头烧香了。何竹青当然是满口答应。

就这样，何竹青毕业分配的事情算是得到了圆满解决，但石学礼还是闹了笑话。因为就在他们结婚不久，也就半年吧，顶多大半年，总之肯定没满十个月，他那间单身宿舍的房前屋后就挂满了“万国旗”。于是，所有的人都知道了，石学礼那个漂亮的老婆生产了，而且是提前生产，一下子生了俩，两个千金呢，整整一吨！

第三章　透支就是超前消费

石晓雨告诉石晓晴，次贷危机就是不良贷款造成的危机。

“什么是不良贷款?”石晓晴问。

“贷款是需要偿还的。”石晓雨说。

“知道。”石晓晴心里想，这个谁不知道。

“但怎么样才能保证贷款偿还呢?”石晓雨又说。其实是问。像是考问石晓晴。

“不知道。”石晓晴实话实说。她确实不知道。

石晓雨晓得石晓晴不知道。她刚才这样与其说是考问石晓晴，倒不如说是问她自己，打算自问自答。现在果然听石晓晴说“不知道”，心里获得了微妙的满足，就开始自己回答：“一要考察贷款者的偿还能力，二要提供担保。”

石晓晴听了没有再问，也没有回答“知道了”，她没说话，因为她还没有想明白。

考察贷款者偿还能力是句空话。石晓晴当初按揭买房子的时候，银行对她的偿还能力确实进行了考察，但所谓的“考察”，其实就是让她出一个单位证明，证明她每个月有多少钱的收入，并且明确告诉她，像她这样的贷款规模，一定要证明月收入在一万元以上，而不管她实际收入到底是多少。但事实上，石晓晴的月收入是不固定的，有时候确实在一万元以上，甚至还远远不止这个数，也有时候一分钱没有，甚至还要赔钱，也就是说，石晓晴因为没有固定工作，所以也就没有固定收入，她的收入是不确定的。可是，按照银行的要求，她必须开一个证明自己每月收入是稳定的，并且是万元以上的证明。这不是荒唐吗？可荒唐归荒唐，事情却必须这么做。如果不这么做，就没有办法办理按揭。为了能办理按揭，或者说是为了能放大投资，石晓晴必须这么做。问题是，她怎么能开到这样的证明呢？石晓晴是个悠闲女人，既然“悠闲”，就肯定是没人约束的；既然没人约束，那就是没有单位的；既然没有单位，又怎么能开“单位”证明呢？石晓晴把情况对售楼部经理说了，说她根本没有单位，所以开不出这样的证明。售楼部经理说没关系，两个办法，要么我们帮你搞一个这样的证明，保证通过，但要收费，一个证明五百块，要么你自己随便搞一个证明，只要随便有一个公章就行了。石晓晴的脑袋是灵光的，她每次去社保局交个人社会保险的时候，在门口都能碰到一大堆卖发票的，当时她还在心里发脾气，抱怨有关部门不作为，怎么能看着这么多人在政府机关门口卖发票呢？这不是挖国家的墙角吗？可是这次，听售楼经理说“随便有一个公章就行”，她马上就想到可以到社保局门口随便找一个人随便刻一个随便什么名字的公章，然后拿着这个“公章”自己给自己开

"证明"就是。石晓晴相信，这些人既然能卖国家严格控制的发票，就一定能私刻任何"公章"。果然，石晓晴往社保局门口一站，并没有说话，只是左顾右盼地朝两边一扫，马上就有几个人同时从不同的方向晃悠过来。

"要发票吗?"一个男人从她身边晃悠过，眼睛并没有看她，但声音明显是冲着她的。

"要发票吗?"又一个女人在她面前晃了一下，并没有见她张嘴，声音就已经准确地传进石晓晴的耳朵里，让石晓晴怀疑她有什么特异功能，或者采用了什么高科技。

"我想刻公章。"石晓晴小声回了一句，感觉自己在做地下工作。

石晓晴这样一说，那些人立刻作鸟兽散。

石晓晴还没有来得及失望，立刻就听见一个声音："跟我来。"

石晓晴愣了一下，不敢确定这个声音是冲她的。

正在犹豫，已经走出几步远的小伙子回头冲她轻微点点头。

石晓晴明白，是叫她的。于是，大脑还没有来得及仔细思量，腿已经跟着小伙子走了。

没走几步，也就是从社保局大门厅走到彩田路人行道上，小伙子停下，眼睛看马路对面深圳市公路照明管理中心，嘴巴问："要什么级别?"

石晓晴不知道公章还有级别，想到售楼经理说的"随便什么公章"，于是就说最便宜的。

“二十块。”小伙子说。

“二十块?”石晓晴以为听错了，心里想，这也太便宜了吧?便宜可没有好货啊。可再一想，我也没打算要什么好货，反正是“随便什么公章”，于是，什么话都没说，立刻掏出二十块钱递给小伙子。

小伙子果真是做地下工作的，没有立刻接钱，而是先谨慎地朝四周看了看，然后眼睛不看石晓晴，却能准确地一把夺过石晓晴手上的二十块钱，并且同时把一个纸团塞在了石晓晴的手上。其速度之快，效率之高，完全超出了石晓晴的想象。等石晓晴反应过来的时候，先看了一眼手上的东西，再抬头看小伙子，哪里还能见到人影。

石晓晴感觉自己像被抢劫了一样。她怀疑纸团里根本就不是什么“公章”，而只是一块木头甚至是一块石头，就好比她去年去厦门玩，在厦门国展中心附近的海边，买了一张影碟，说是某某集团大鳄和某著名演员的亲密录像，回到深圳之后，拿到影碟机上一放，才发现里面什么都没有，完全是一张报废的碟。尽管怀疑，但毕竟做的是非法事情，所以她也不能声张，只好捏着那个纸团，像做贼一样赶快溜走。一路上，石晓晴责怪自己不该算这么小的小账，不该为省这两个钱而做贼一样的交易。一套房子几十万上百万，哪里在乎五百块钱?还不如让售楼经理代劳算了，搞得自己像做小偷似的。

回到家，石晓晴迅速脱掉衣服，先冲个凉，像是要迅速冲掉身上的紧张，然后换上一身轻松的衣服，回到客厅，打开空调和电视，靠在沙发上喝饮料看电视，让自己彻底放松了，这才略微带一点好奇或多少有点不甘心地打开纸团。让她没有想到的是，纸团里面并不是木头，也不是石头，而是一枚公章！橡皮做的，红色，但红得不是很鲜艳，标准的“橡皮图章”。

石晓晴不敢相信花二十块钱买的“公章”真能通过售楼部的考察，更不敢说能通过在她看来非常严格的银行的审查，但既然已经买了，不妨试一试，反正有售楼部经理“随便什么公章”这句话垫底，石晓晴什么都不用怕了。

来到楼下商务中心，石晓晴口述，打字员动手，总共只有几十个字，又修改了两个字，一份证明石晓晴每月收入 12000 元的“证明”几分钟之内就正式出炉了。

石晓晴打印一份，复印五份，总共炮制六份，就用商务中心的印泥，“啪——啪——啪——啪——啪——啪”，一口气盖了六个“公章”，空着年、月、日，够用一辈子的了。

第二天，石晓晴把“证明”交给售楼部经理，对方居然连看都没有看就“考察”通过了。至于银行是看了还是没有看，石晓晴并不知道，但结果她知道，顺利通过。

石晓晴一共用按揭的方式在罗湖、福田和南山买了三套商品房，三套房子全部都用同样的“证明”，居然一句废话没有，全部“考察”通过。

石晓晴虽然学习成绩不好，但简单的加减乘除还是会的。事后在手机上按一个切换键，把手机当成计算器，简单地一算，如果请售楼部经理代劳，三套房子的三个收入证明总共要花 1500

元，而现在连公章带打印和复印只花了 25 元，25 除 1500，60 分之一，连个零头都不到，这也太合算了！

石晓晴突然冒出一个念头：完全可以专门做这种生意啊。不要说多，一天做一单，就真的稳定月收入超过 12000 元了。当然，这只是想想而已，石晓晴不会真做这种生意。但她还是顺便尝试了一下。所谓“顺便”，就是经常在一起做美容的一个朋友也炒房，也遇到类似的问题，石晓晴立刻想起了“生意”，二话没讲，大包大揽，说这事情简单，交给我就行了，我帮着开“证明”。结果，石晓晴就真给朋友开了，并且用橡皮图章开出去的证明果然顺利通过了售楼部“考察”和银行的“审查”。当然，她没有收朋友的钱，主要是实在不好意思收钱，但却收了人家的人情。人情也相当于钱，包括接受对方的吃请和做完美容之后接受对方的刷卡，而不用刷石晓晴自己的卡，其实也都等于间接收钱了。

这时候，石晓晴在电话里听石晓雨说到银行贷款“要考察贷款者的偿还能力”，马上就想到了自己的这段经历，并对石晓雨说了。说完，她还发出感慨，说：“这就是我们这里的‘偿还能力考察’，不是糊弄鬼吗？”

石晓晴本以为石晓雨听了她的故事会哈哈大笑，她也准备接受石晓雨的哈哈大笑，并且打算跟着石晓雨一起笑。可是，她没想到，石晓雨听了之后并没有觉得好笑，反而说：“也不是你们那里这样，美国也是这样。”

什么？美国也是这样？这是石晓晴万万没有想到的。她总以为一些中国人做事情马虎，喜欢自作聪明投机取巧，才有这样的怪事情，没想到她一向认为法律完善、做事认真的美国人也会这样。她不相信，以为姐姐跟她说笑。

石晓雨没有跟石晓晴说笑，石晓雨说是这样的，并说在这方面，美国人做事情比中国人更离谱。

“美国人喜欢透支你知道吗?”石晓雨问。

石晓晴说知道，并且知道一个耳熟能详的段子。说美国有一个老太太，年轻的时候就贷款买了一套房子，然后一辈子慢慢偿还贷款，等老了，贷款也还完了，美国老太太享受了一辈子大房子；而中国同样有一个老太太，年轻的时候就开始攒，攒了一辈子钱，到老，终于用积攒一辈子的钱买了一套大房子，可等房子买到手，自己也老了，享受不了了。可见，美国人比中国人想得开。具体地说，就是美国人比中国人敢透支。

“透支就是超前消费。”石晓雨说。

石晓晴回答知道，并且给石晓雨讲了上面的段子，还说超前消费好，超前消费说明美国人比中国人会生活，会享受，想得开。

“太想得开也不是好事情，”石晓雨说，“美国人太喜欢超前消费，太敢透支了，整个美国其实是都靠借债过日子，世界各国储存着大量的美元，其实就等于是美国向全世界借债。这就蕴藏着极大的风险，积累到一定程度，早晚要出麻烦的。”

石晓雨也给石晓晴讲了一个故事，一个发生在她自己身上的真实故事。

石晓雨说因为美国人喜欢超前消费，所以美国的银行为了扩大赢利，也推波助澜积极鼓励超前消费，手段之一是通过信用卡，公司大力推销各种各样的信用卡，而不管持卡人到底有没有支付能力。前段时间她就收到一张银行卡，是给他们家皮特的，凭该卡，他们家皮特有资格透支三千美元。

“你们家皮特?!”石晓晴大吃一惊。

“是啊，”石晓雨说，“是我们家皮特啊。”

“那不是你们家养的狗吗?!”石晓晴大叫。紧接着，就是大笑，她觉得姐姐太幽默了，居然能讲出这么幽默的笑话。

等她笑够了，石晓雨严肃地说：“这不是幽默，也不是讲笑话，是真实发生的事情。”

听姐姐这么严肃认真，石晓晴不笑了，取而代之的是震惊。她原以为中国人做事情马虎，没想到美国人比中国人还马虎，居然是人是狗都没搞清楚，就能发放信用卡。那么，美国还有什么信用可言呢?

我的妈呀，石晓晴吓了一跳，我可是买了美国国邦的人寿保险啊!

第四章　妈妈把“邓爸爸”耽误了

何竹青答应为邓光辉介绍对象的承诺肯定是诚心的，但多少有些轻率。因为后来在实际操作中她发现，这实际上是一个不可能完成的任务。

问题出在命题本身。因为邓光辉提出了一个看似简单其实相当苛刻的大前提：“照你这个样子”。“你”指的就是何竹青。这个条件看起来简单，简单到只有短短的几个字，而且有现实的参照系，可要实现起来却几乎是不可能的。因为照着何竹青自己的条件，只能是她的同班同学，外面的人，有几个能有省艺术学校的学生这么水灵这么漂亮呢？而即使是在省艺校，也只有她们这个班才有像她这样二十多岁的工农兵学员，其他年级，上面根本就没有班，下面的学员都是十几岁的小姑娘，还不到找对象的年龄，怎么介绍给邓光辉？所以，最后的结果是何竹青活活把邓光辉耽误了。

如果不是何竹青，凭邓光辉的个人条件和当时社会上对知识分子的态度，邓光辉找一个合适的老婆应该不成问题。事实上，当时确实有很多人为邓光辉张罗。有本所的职工子女，父母不好意思亲自出面，委托同事从中撮合的。也有外单位的姑娘，一心想嫁给一个科研单位的知识分子，拐弯抹角托人到研究所找对象的。比如在湘绣大楼当出纳的那个姑娘，各方面条件都相当不错，追的人很多，可她就是想找一个真正的知识分子，经朋友的亲戚介绍，找到所长夫人当红娘，本以为肯定没有任何问题，结果，邓光辉一见面，立刻不同意，理由是：没有石学礼的老婆漂亮。硬是把所长夫人气得半死。如此这番一折腾，就再也没有人帮邓光辉张罗了，邓光辉也就成了整个研究所名副其实的“老大难”。

一晃，石晓雨和石晓晴都上幼儿园了，邓光辉还是光棍一条。

何竹青觉得很对不起邓光辉。有那么一段时间，为邓光辉介绍对象成了何竹青的中心工作。她们班同学就不用说了，几乎每个人的主意何竹青都打过。但是，这些女学员的情况都和她自己差不多，基本上都是赶在毕业分配之前为自己找到了出路。长相如何竹青一样好的，在长沙找到了如意郎君；稍微逊色一点的，降低标准，也找到了出路；少数实在一般的，也回各地县市把自己推销出去了，哪里还有长相和何竹青一样出众而等了这么多年没有嫁出去的老姑娘呢？后来，何竹青的搜索范围有所扩大，扩大到整个社会。作为研究所办公室的接待和摄影，迎来送往，何竹青经常有机会接触外界，有机会参加社会上的各项活动。事实上，由于单位的牌子正宗和她本身的形象出众，待人接物也热忱，外单位和社会团体邀请何竹青参加各种活动的机会相当多，但何竹青工作忙，家务更忙，她不一定全部接受这些邀请。在相当长一段时间里，何竹青选择是否参加某项活动的唯一标准就是看是不是有机会为邓光辉介绍对象。如果产生这样机会的概率比较大，何竹青就坚决参加，如果相反，她就尽量不参加。如此，她就真帮邓光辉物色了不少好姑娘。可是，这些在她看来各方面条件相当不错的好姑娘，到了邓光辉这里，拿她们与何竹青本人一对比，就立刻遭到邓光辉的断然摇头。

邓光辉有邓光辉的道理。他个子比石学礼高，人也比石学礼精神，学历和工作性质与石学礼一样，而且他自认为比石学礼更有男子气，没有理由娶的老婆比何竹青丑。如此一来，就真有一种把何竹青逼到墙角的感觉，恨不能自己一分为二，一半留给石学礼，另一半成全邓光辉。当然，将自己分成两半是不可能的，所以，何竹青一面继续不断地帮邓光辉物色对象，另一方面逮着机会就做邓光辉的思想工作，劝邓光辉实际一点，不要一根筋走到底。

“漂亮不能当饭吃，”何竹青说，“找老婆是为了过日子，能对得起观众就行，并不是越漂亮越好。”

邓光辉不说话，看着她。

“女人其实是一样的。”何竹青又说。但说的声音比较小，像是不好意思大声说，又像是没有底气似的。

邓光辉仍然看着她，想回答，嘴巴也动了一下，但终究没有发出声音来，脸却红了。

对话进行不下去了。

这样的对话有些微妙，明明是嫂子关心小叔子的对话，光明磊落的，却又不能当着石学礼的面说，甚至不能当着任何第三者的面说，而只能是他们俩悄悄地说。别说邓光辉是她丈夫的同事，就真是丈夫的亲弟弟，嫂子和小叔子说悄悄话都有些微妙。于是，研究所就有人说起了闲话。

冶金部长沙矿冶研究所是从东北老工业基地搬迁过来的，老班底都是东北人，所以，所里的官方语言是东北话。邓光辉和石学礼夫妇的这种情况，人们在背后有一个闲话，东北话，叫“拉帮套”的。字面意思是一个人拉车，旁边还有一个帮衬的，隐晦的意思就是两个人合一个老婆。

这话太损了，甚至有点恶毒了，在研究所这样的文明单位没有市场。所以，尽管有少数人背后这么说，但也仅仅只是背后说，并没有广泛流传开来，更没有流传到当事人自己的耳朵里。不过，事实就是事实，实际情况是自己没有成家的邓光辉倒像是石学礼何竹青家里的一员。不仅邓光辉是他们双胞胎女儿石晓雨和石晓晴的干爹，而且逢年过节和星期天邓光辉也总是在石学礼家度过。有时候石学礼出差，不在家，邓光辉也不避讳，该去的时候照样去。那一年长沙动物园来了一头河马，大家都去看，石晓雨和石晓晴当然也要去看，可石学礼出差了，何竹青一个女人没法牵两个活蹦乱跳孩子，只好请邓光辉一同前往，结果，在动物园碰见当年省艺校的同学，人家还以为何竹青换了老公了呢。

石晓雨和石晓晴虽然是一对孪生姐妹，但她们俩长得并不相像。石晓雨像父亲，石晓晴像母亲。在对待“邓爸爸”的态度上，俩姐妹也完全不一样。

石晓晴喜欢撒娇，父亲石学礼在的时候，石晓晴跟父亲撒娇，父亲不在的时候，石晓晴跟“邓爸爸”撒娇，并且石晓晴更喜欢在“邓爸爸”面前撒娇。道理很简单，邓光辉更宠她。不但满足她好吃的好玩的甚至好穿的，而且从不过问她的学习情况，更不会检查她的作业或对着她的考试卷大发雷霆。

石晓雨恰恰相反。她不喜欢撒娇。既不跟父亲石学礼撒娇，当然更不会在邓光辉面前撒娇。而且，她好像对邓光辉怀有敌意，经常突然出现在何竹青和邓光辉的面前，像是专门替爸爸来监督母亲的。有时候何竹青和邓光辉正在说着悄悄话，石晓雨一声不响静悄悄地出现在他们后面，搞得何竹青和邓光辉吓一跳，像是干了什么见不得人的事情正好被她抓住了一样。

在个人兴趣爱好上，姐妹两个也截然不同。石晓雨喜欢静，石晓晴喜欢动。石晓雨喜欢语文算术，石晓晴喜欢文艺体育。到上中学的时候，性格开始决定命运。石晓雨数、理、化和语文、英语成绩都非常突出，明显是考重点大学的料子，而石晓晴则更加羡慕一举成名的歌星、影星甚至体育明星。初中毕业，石晓雨顺利地考上重点高中，而石晓晴明知道考大学无望，干脆也就不做那个努力了，早早地报考了艺术学校。但不知道是竞争太激烈的缘故，还是如今正规的艺术学校也注重文化课成绩的缘故，总之，尽管石晓晴天赋不错，并且也走了后门，但她仍然没有考上母亲的母校。而且，居然连任何正规的艺术学校都没有考上。再回去上高中已经不可能。主要是心野了，收不住了。石晓晴讨厌数理化，就想当明星。最后，母亲只好厚着脸皮动用当年的同学关系，又花了一大笔钱，费了很大的劲，让她进了一所民办影视艺术学院。

注意，是“学院”，不是“学校”。也就是说，石晓晴还没有上高中，就成“大学生”了，而且是专门培养影视明星的专门大学的大学生。

“这就是命。”何竹青说。

同样是命，上帝却给了石晓雨一个截然相反的命。在妹妹石晓晴上“大学”的三年里，姐姐石晓雨正好上高中。高中三年，石晓雨其实比石晓晴的大学三年还艰苦。好在她学习用功，学习继续保持班上的前几名。高三的时候，学校开始分科，也就按照高考指挥棒，不注重全面发展了，专门针对一年之后的高考分文科和理科的实际情况，让中学生在高三的时候就提前分成文科和理科，有重点和侧重地学习和复习与高考有直接关系的科目。因为石晓雨的学习成绩特别好，所以父亲石学礼就认为石晓雨特别聪明，这样聪明的女儿，考文科似乎可惜了，为了充分发挥女儿的聪明和学习兴趣，石学礼鼓励石晓雨选理科，并且对女儿实话实说，说理科难学，但正因为难学，所以才更有挑战性，学成之后也更能成为栋梁之材。石晓雨很听父亲的话，也对自己的学习成绩充满自信，于是，听从父亲石学礼的建议，选理科班。而母亲对他们父女的这个选择是不赞同的，说学理科辛苦，不仅现在学习辛苦，就是将来工作了也同样辛苦，女孩子就是女孩子，上大学的目的是将来找一个好工作，嫁一个好男人，安安稳稳过日子，什么栋梁之材不栋梁之材啊。两口子为这事情争执起来，并且争执不下，最后，不得不请女儿的干爹“邓爸爸”评理。

邓光辉这时候仍然没有结婚，当然也就没有自己的家庭，并且他是被何竹青给耽误的，所以自然就充当石学礼何竹青家庭的“编外成员”，遇上诸如孩子上学这样的重大问题，他还是要参与决策的。当初石晓晴上民办影视艺术学院的时候，邓光辉就曾经参与决策，实践证明，决策正确。所以，现在遇到石晓雨到底是选择文科还是选择理科的时候，他们仍然请邓光辉参与决策。

邓光辉知道石晓雨并不喜欢他。说实话，他也不喜欢石晓雨，所以，这时候让邓光辉来参与决策，他并没有像对待石晓晴的事情那么认真。

“我看你们是瞎操心，”邓光辉说，“石晓雨是大姑娘了，学习成绩又那么好，你们就不能尊重一次孩子自己的意见啊。”

一句话，问题解决，由石晓雨自己定。

既然由石晓雨自己定，那么当然就是定理科了。

事后，在一个能说悄悄话的场合，何竹青还埋怨邓光辉，说：“你怎么能让石晓雨自己定？你让她自己定不等于是否定我的意见吗?”

“你说得对，”邓光辉说，“一个人一个命。石晓雨上理科这是她的命。将来命好了，阿弥陀佛；命不好，也是她自己选的，不干你的事。”

“你这是什么话，”何竹青不高兴了，“她是我自己的女儿呀。”

邓光辉说：“正因为是你的女儿，所以你更应该尊重她本人和她父亲的意见。你怎么知道石晓雨学理科不好呢？谁敢保证她学理科就不好呢？我看她根本就是和老石一个模子脱出来的，天生就是学理科的料，说不定将来还真成了居里夫人呢。”

邓光辉说得对，石晓雨确实是学理科的料，一年之后，果然如愿以偿地通过了高考，考上了北京一所全国重点大学的物理专业。石学礼说，只有最聪明的人才适合学物理。现在他女儿石晓雨就考取了物理专业，所以他有理由相信石晓雨是最聪明的。

邓光辉当然也来表示祝贺，并且顺着石学礼的话说，对对对，学物理的人必须是最聪明的，我们石晓雨就是最聪明的。

母亲何竹青嘴巴上虽然没说，但心里也是高兴的，因为她心里知道，石晓雨这个大学和石晓晴那个“大学”分量是不一样的。她也从心里祝福石晓雨，盼望石晓雨学有所成，将来真的当一个居里夫人。

而此时的石晓晴已经“大学”毕业，并且毕业之前就已经在两部电视连续剧上露面。虽然眼下还不能算明星，但在通往理想的道路上已经起步了。

第五章 维持“繁荣”的前提是房产价格不断上涨

关于偿还能力考察的问题，石晓晴已经弄清楚了，根据自己的亲身经历和姐姐石晓雨的讲解，她知道所谓的“考察”就是走过场。以前她只知道在中国这是走过场，现在听石晓雨一说，知道在美国也是走过场，而且是更离谱的过场。这与石晓晴以前印象中的美国不一样。当初她在购买商业保险的时候，就是因为相信美国人做事情认真，美国的商业信誉没有任何问题，所以在中国人寿和美国国邦之间选择了后者，现在听石晓雨说美国的银行居然连皮特是人是狗都没弄清楚就乱发信用卡，那么，美国的银行还有信誉吗？自己购买的美国商业保险还真那么保险吗？早知如此，石晓晴想，还不如买中国人自己的保险了，比如中国人寿、中国平安、中国太保，等等。

不过，现在不是考虑这个问题的时候，这个问题也不是她和姐姐在越洋电话里能谈清楚的，石晓晴今天给石晓雨打电话的主要目的是询问关于美国发生次贷危机的事情。刚才，她们已经谈清楚偿还能力“考察”的问题了，现在要谈贷款担保的问题。

这个问题石晓晴也知道。刚刚用按揭的方式买了三套商品房，能不知道嘛。

在石晓晴看来，个人贷款所谓的担保其实就是抵押。从银行获得贷款，除了要接受银行的偿还能力“考察”之外，更重要的是必须提供有效的担保或抵押。特别是在“考察”成为走过场的情况下，有效担保或抵押是银行防范风险最后一道法宝。在这一点上，银行是一点也不马虎的。而且石晓晴觉得银行做得非常绝，居然想到就拿她买的那套房子本身做抵押。

石晓晴用所谓的按揭方式买房子，表面上看起来是她与房地产开发商之间发生关系，其实从更本质上讲是她和银行之间发生关系，因为她只出了百分之三十的购房款，剩下的百分之七十是银行替她出的。这样，总共百分之百的房款支付给发展商之后，房产证就顺利办下来了。可是，虽然房产证上写着她的名字，但房产证的原件却并不在她手上，而是捏在银行手上。事实上，这套房子在购买的同时就已经抵押给银行了。或者说，是她已经拿这套房子的产权作为抵押自己向银行为自己担保了。在以后十年、二十年甚至是三十年的时间里，石晓晴要慢慢向银行偿还这百分之七十的房款。不但要偿还本金，而且要偿还利息。等全部房款和利息偿还完了，银行才把房产证交到石晓晴的手上。也只有到那个时候，这套房子才算是真正属于石晓晴的。这就是所谓的按揭贷款。也就是用购买房产本身作为抵押的一种“超前消费”。

银行在做抵押工作的时候非常认真，一点不像“考察”贷款者偿还能力时候那样马虎或走过场。给石晓晴的感觉是程序非常烦琐非常复杂。要支付律师费，说明银行方面是请了律师的，并且律师费要购房者承担；还要支付保险费，说明银行方面是与保险公司签了担保合同的，并且保险费也要购房者承担。石晓晴觉得不合理，但没有办法，胳膊拧不过大腿，只能照办，除非她不想按揭买房。总之，银行店大欺客，既想赚钱，又不愿意承担风险和任何费用，给石晓晴的印象是银行方面一点风险都没有，怎么能发生“次贷危机”呢？

石晓晴把自己的想法对石晓雨说了，说银行是上了双保险的，将来万一购房者偿还不了贷款，对不起，按照按揭贷款合同，银行首先把房子没收，拍卖，用拍卖所得抵偿银行的损失，如果拍卖所得不足以补偿银行的损失，没关系，还有保险公司按担保合同继续为银行补偿。

“难道美国的按揭贷款不是这样搞的吗？”石晓晴问。

这要是以前，她不这样问，她相信美国的个人房屋贷款制度一定比中国更完善，美国的银行发放给个人的购房贷款一定比中国更保险，但是，现在石晓晴不敢相信了，现在石晓晴听说美国的银行既然能糊涂到给石晓雨家的狗发放信用卡，那么他们什么事情干不出来？所以，她现在有理由怀疑。

她以为石晓雨会说是的，美国人往往就是这么糊涂，并且糊涂得离谱，所以他们才能发生不良贷款危机，也就是所谓的次贷危机。

如果石晓雨这样说，那么他们今天的电话也就可以结束了。明天，或者是后天，当石晓晴在美容院或其他任何场合再听朋友谈论这个话题的时候，她就可以拥有最权威的发言权了，会说这是她从在华尔街工作的姐姐那里得到的消息；会说次贷危机就是由不良贷款造成的危机；会说这个不良贷款是由美国人的糊涂和荒唐造成的；会说她以前只知道中国人做事情马虎，能糊就糊，现在知道美国人更马虎，做事情更离谱。说到这里，石晓晴会拿她姐姐家养的狗做例子。她相信，当她把姐姐家的狗皮特居然收到一张能“超前消费”三千美元的信用卡故事说出来的时候，朋友们一定会开怀大笑。

这么想着，石晓晴自己就忍不住先笑了。

可是，石晓雨的回答立刻就令她笑不出来了。

石晓雨说，一样，美国银行在提供购房按揭贷款时一样认真，一样尽量做到万无一失，一样是双保险。

“那就奇怪了，”石晓晴说，“既然是‘双保险’，那么，怎么能是‘不良贷款’呢？即便有少数不良贷款，银行收回房子就行了，怎么能发生这么大一场危机呢？”

石晓晴虽然不是很懂经济，但因为自己做了股票和房产投资，所以对经济现象和经济形势还是非常关心的，即使是在做美容的时候，也经常一边做一边看经济频道的电视节目，所以，她知道“次贷危机”这件事情闹得很大。

“贪婪。”石晓雨说，“银行家太贪婪。他们知道美国人喜欢超前消费，也明明知道过度的超前消费蕴藏着巨大的风险，他们不但不提示这种风险，相反，因为贪婪，银行主张这种超前消费，疯狂地迎合超前消费，不仅给皮特发放信用卡，而且给根本不具备偿还能力的人提供按揭贷款。”

“给不具备偿还能力的人提供按揭贷款？”石晓晴吃惊，“那不是自找倒霉？”

石晓晴忽然理解“随便开个证明”的道理了。其实“随便开个证明”也等于是给不具备偿还能力的人提供按揭贷款。中国和美国情况一样啊。

“也不是自找倒霉，”石晓雨说，“如果房产价格不断上涨，银行也没有风险。”

那也是。石晓晴想。只要房产价格不断上涨，不具备偿还贷款能力的人还可以通过“转按揭”的方式获取新的资金，并拿新获得的资金来支付按揭。比如她现在居住的半山花园这套房子，银行就主动找过她，说可以办理“转按揭”，就是按照新的市场价格重新为她办理按揭。由于新的市场价格比以前高出一倍还多，所以她可以假定先把银行的贷款提前偿还，把房子赎出来，然后再拿赎出来的房子重新抵押贷款，从而得到更多的贷款。尽管石晓晴由于怕麻烦并且她也不急着用钱，所以并没有接受银行的建议，却从中了解到“转按揭”的概念和操作方式，这时候听石晓雨说“只要房价不断上涨银行就没有风险”，石晓晴也能理解。

“这个我知道，”石晓晴说，“最坏的结果就是银行把房子收回来，再以更高的价格把房子拍卖出去。”

石晓雨那边愣了一下。她没想到石晓晴能回答得这么快，而且这么准确。可又一想，不喜欢数理化不代表她不聪明，事实上，妹妹石晓晴相当聪明，在许多问题上甚至比她这个做姐姐的还聪明。至于回答准确，说明实践出真知啊。妹妹石晓晴虽然不是学经济的，用她自己的话说，“完全不懂经济”，但由于投资了股票和房产，逼得她关心经济，关心操作，关心股票和房地产价格走势，特别是关于用按揭的方式从银行贷款买房的操作，她先后经历了四次，第一次购买半山花园的时候肯定是无意识的，但最近三次分别在南山、罗湖和福田买房肯定是用心了，所以对这套程序相当熟悉，并有着自己的感悟和见解。

石晓雨有些高兴。看着自己的妹妹有长进她高兴，发觉自己和妹妹之间有对话基础更加高兴。

“是这样的，”石晓雨说，“但这里有个前提，就是房地产的价格必须是不断上涨的。”

“那是。”石晓晴说。

“可房地产的价格不可能永远上涨的。”石晓雨说。

这次石晓晴没有说“那是”，而是在想，想着姐姐曾经说过房地产的价格是相对稳定的，并且总的趋势是向上的。

“不对。”石晓晴说，“你不是说过嘛，房地产的价格总的趋势是向上的。”

石晓雨被她噎了一下，顿了顿，说：“总的趋势向上不代表永远向上，肯定有起伏。”

“那就可以等啊，”石晓晴说，“等危机过去不就行了吗?”

“可谁知道这个周期有多长呢?”石晓雨说,“假如三年,或者五年,怎么办?”

“那我也等。”石晓晴说。

“你是可以等,”石晓雨说,“但美国的穷人不能等,等不起。你知道吗?美国的穷人很多是零首付的。这意味着什么?这意味着他们要支付更多的利息。而这几年美国的贷款利息一涨再涨,从百分之五点七涨到了百分之八点七,穷人实在支付不起啊。”

“那银行可以收回房产啊。”石晓晴说。

“一户两户没问题,”石晓雨说,“如果是大面积地收回房产,你知道是什么后果吗?”

“什么后果?”石晓晴问。

“那就意味着银行大量拍卖房产。”石晓雨说。

“大量拍卖房产?”石晓晴说,“卖给谁?”

“是啊,”石晓雨说,“于是,房地产价格大幅度下跌。”

“糟糕!”石晓晴一惊。

“对!”石晓雨说,“这就意味着我们假设的房地产价格不断上涨这个前提不存在了。于是,不良贷款引发的危机就爆发了。”

第六章　明星与大款

粤港影视艺术职业学院虽然是一所民办大学，但校园风景和校园规模却一点也不逊色于正规的公立大学。学院位于东莞和深圳之间交界线上东莞一侧。地势开阔，依山畔水，校舍错落在山水之间。由于这里是两市交界线，水面的一半属于东莞，因此也就属于学院。水面很大，一半水域比许多正规大学的整个校园面积还大。起码比深圳大学或深圳职业技术学院的整个校园面积大许多。从学院这边往深圳方向看，仿佛自己悬于海边，整个学院有一种漂起来的感觉。而从对岸的深圳往这边看，镶嵌在山脚下的校舍在袅绕水气的烘托下似微微晃动，忽隐忽现，疑似海市蜃楼。天气晴朗的时候，水汽被太阳驱散，湖面由于单纯而变得清晰，校舍与其背后的青山清晰可见，融为一体，并且像桂林山水一样，在水面形成倒影，整个学院以湖面为镜，上下对称，像一张高分辨率照片，却又偶尔于宁静中出现人影一闪，胜似仙境了。

有学者访问于此，发出感叹，说整个珠三角充满喧闹，唯有这里坐拥最时尚的文明却仍然保持着一方宁静啊。

学院是香港一家影视公司投资的，校长却是内地这边的一位著名演员。该著名演员是何竹青的同班同学，早年毕业于湖南省艺术学校唯一一届社来社去工农兵学员班，但履历上的学历却是北京电影学院。这倒不是该著名演员弄虚作假。在湖南省艺术学校学习时，他在班上最小，比何竹青他们小不少，也就十四五岁的样子。毕业的时候，何竹青他们都把脑袋削尖了为自己落实工作单位，而他却忙着报考电影学院，结果，还真让他考上了。前脚从湖南省艺术学校工农兵学员班毕业，后脚就考入了北京电影学院。出名之后，省艺术学校忽略了他后来上北京电影学院这段重要经历，只说是省艺校毕业的，把他的大幅剧照夸张地印在招生广告和各类海报上，更贴在艺校的走廊上，告诉新生和家长：本校也是可以培养电影明星的。特别是学校多少周年庆典的时候，生拉硬扯把该明星请回母校，坐在高高的主席台上，享受通常只有上级领导才能享受的高级待遇。那次校庆何竹青也参加了。并且由于何竹青的工作单位离母校最近，就隔一条马路，于是，她也相当于半个东道主了。校庆期间，由于近，何竹青邀请部分老同学到家里做客。由于他们那个班是社来社去的，绝大多数同学混得并不怎么样，除了该明星外，再没有一个出名的了，因此，来参加校庆的同学很少，把该明星和何竹青算在内，总共也就七个人，因此，所谓“邀请部分老同学”，其实主要就是以该著名演员为主要成员的另外六名同学了。那时候粤港影视艺术职业学院还没有成立，该著名演员还没有走上校长岗位，还在继续当演员，并且其中的一部电视剧正在热播，如此，明星到何竹青家做客的时候，在整个研究所，不，应该叫研究院，因为这时候研究所已经改称研究院了，明星的到来在整个矿冶研究院引起了轰动。明星进研究院的时候动静不大，出研究院的时候动静不小，差不多惊动了整个研究院。特别是研究院的年轻人，更是自觉地走出办公室和实验室，出来一睹明星风采，把一张张笑脸投给该著名演员。少数特别年轻的新分配来的大学生还热情地上前要求签名，搞得像何竹青也跟着老同学再次出了一把名。也幸亏有了那一次走动，否则，石晓晴初中毕业之后既讨厌数理化又考不上艺术学校，还真不知道该怎么办了。

当然，石晓晴初中毕业之后能够顺利地进入粤港影视艺术职业学院学习，也不完全得益于母亲这个当校长的老同学，另外一个人也不得不提。这个人就是石晓晴的“邓爸爸”，邓光辉。

邓光辉此时已经成大款了。

要说邓光辉能够成为大款，当然得益于整个中国改革开放的大局势，但大家都得益于改革开放的大好形势，为什么整个研究院只有邓光辉一个人先富起来，并且成为“大款”呢？这，就与他“老大难”的身份有关了。换句话说，邓光辉是因祸得福。

改革开放后，冶金部长沙矿冶研究所发生了很大变化。第一，由研究所改称“研究院”。听上去与“中国科学院”和“中国社会科学院”差不多一样大了。第二，事业单位企业化。实行两条腿走路，既有国家拨款，也要自己创收。在业务上，由单纯地承担国家和冶金部科研项目转为既承担国家和部里科研项目，也要直接为企业为地方服务。当然，是有偿服务，服务的收入用于补贴研究院发展和职工福利方面的资金缺口。第一条好说，中国人喜欢大，越大越好，把研究所改称研究院，没有任何反对意见，皆大欢喜，人人高兴。可第二条有点麻烦。当时科技人员被捧得很高，比“文革”期间工人阶级的社会地位还要高，所以，研究院绝大部分知识分子架子也就很高，离地面太远，放不下，绝大多数工程师或研究员宁可少拿一些补贴，也不愿意走出实验室，把自己搞得像要把式卖艺的。可是，院里确实要创收，确实要落实科学技术为生产服务，为基层服务，为地方服务，为第一线服务。不然，别说高调的了，就说低调的，说资金缺口，该怎么解决呢？当时院领导很急，为解决资金缺口着急，为体现自己具有改革精神和创新魄力着急。院领导鼓励科技人员下基层，深入生产第一线，既能为生产服务，又能为院里创收。但知识分子不好忽悠，一副冷眼向洋看世界的样子。喊的声音大，迈的步子小，院领导的鼓动收效不明显。这时候，湘西花垣县发现了锰矿，当地有关部门专门找到研究院，请求支援。院领导觉得这是一个机会。既是创造经济效益的机会，也是创造社会效益的机会，可以一举两得，于是，立刻组成考察组，由分管业务的副院长亲自带队，前往湘西花垣县。选矿室本来是派石学礼去的，但这次出差非同寻常，主要是时间比较长，可能长达一两个月，他有石晓雨石晓晴一对宝贝女儿，一两个月完全由何竹青一个人带确实有些为难。

“没关系，”邓光辉说，“有我呢。”

说者无心，听者有意，邓光辉的话刚一出口，室里面差点就有人笑出来。院里早有人传言邓光辉暗恋石学礼的老婆何竹青，并说邓光辉早已经“拉帮套”了，但知识分子文明，只是私下里偶然小声说说，并没有在公开场合大声说，现在别人没说，邓光辉自己倒主动说出口了，如果不是开会，而是在郊游，还不是被人抓住把柄哄笑一番？

邓光辉自己也觉得这话不严谨，容易产生歧义，马上改口，说：“我帮老石照顾石晓雨石晓晴。”

但是，越描越黑，这下真有人没控制住，扑哧一声笑出来。幸好是在开会，而且知识分子文明程度高，大家更没有跟着笑，那个一不小心“扑哧”出来的人也赶紧收声，但这声“扑哧”对邓光辉的提醒作用还是显示出来了。

“干脆，这样，石工不要去了，我去，我替他去，我去花垣，他留在家照顾老婆和两个孩子。”

邓光辉断断续续紧紧张张结结巴巴，总算把想说的话说清楚了。

主任看看石学礼，又看看邓光辉，再看看大家。大家忍住笑，一齐盯着主任。

“行。”主任一锤定音，“那就这么定了。”

如此，邓光辉就参加了考察组。

考察组在花垣一待就是三个月。最后的结论是：花垣锰矿品位高、杂质少，就是在世界范围内，也属优质矿种。但是，花垣的锰矿分布散，一窝一窝的，矿区没有连成片，是典型的“鸡窝矿”。这种矿藏不适合大规模开采。

当地有关部门问这个结论是什么意思。

考察组说就是不适合国家大规模投资开发，或者说是没有大规模开采价值。

“那就是没有用？白忙一场？”当地官员问。

“那也不是，”考察组说，“可以因地制宜，小规模投资，小规模开采，就地加工，生产出氧化锰。”

考察组继续解释说，由于花垣相对闭塞，对外运输非常不方便，没有铁路，公路也要翻山越岭，如果直接运矿石出去，肯定不合算，所以必须就地开采就地加工，加工成氧化锰比较好。

当地领导说好，小规模投资好，就地加工更好。小规模投资我们就能自己干了，产生的效益也归我们自己。好！就地加工能增加资源的附加值，肥水没有流出花垣县，更好！但是我们不懂，不懂怎么开采，更不懂怎么加工，也不懂怎么销售，所以，希望你们继续支持我们。

考察组负责人不说话，心里想，大家都三个月没见老婆了，在这么个鸟不生蛋的地方，怎么能老是不回去呢？

当地领导说，不让你们白支持，可以收益分成。

“不是这个意思，”考察组领导也就是分管副院长说，“这不是我一个人的事情，给我点时间，我和大家商量一下。”

当天晚上，分管副院长召集大家开会，征求大家意见。

大家的意见七嘴八舌，很不统一。

有的说这个项目好，我们已经苦战三个月了，情况也已经基本摸清楚了，这个时候当然不能放弃。

另外一些人说不管项目好不好，也不管下一步工作怎么做，反正我是要先回长沙了，先回家了。

“我都快成野人了，”其中一个人说，“老婆孩子可能都不认识我了。你们怎么想我不管，我不是雷锋，反正我是要先回去了。”

“我也要回去。”另一个说。

“我也要回去。”还有一个人说。

“我也要回去!”

“我要回去!”

“我要回去!”

“我也是。”

“不行，”分管副院长说，“大家都要回去，还不等于我们主动撤了？我可提醒大家，省有色所的人已经嗅出味道来了，正虎视眈眈呢。我们一走，他们正好乘虚而入，那可真是我们栽树，他们乘凉了。”

领导这样一说，大家安静下来，不像刚才那样沸腾了。可是，刚刚安静一会儿，带头提意见的那个又说牢骚话了。

“别人我不管，反正我是一定要回去。”他说。

领导皱了一下眉头，明显表示对该人的反感，但又不能发作。

“要不然这样，”另外一个人建议，“打个电话回去，让院里另外派一批人来，接替我们。”

他的建议刚一说完，立刻得到许多人的附和，说这个意见好，早该这样，凭什么吃亏的全是我们。

“那要等到驴年马月?”还是那个发牢骚的人不同意，“不相信你们看，等我们现在打电话回去，他们讨论研究，再从各个科室抽人，组织动员，没有十天半个月人到不了花垣县。你们能再坚持，我可是一天也不能再坚持了。”

他这样一说，马上也有几个人赞同。

这时候，大家眼睛看着领导，表面上是尊重领导，等领导拿主意，实际上是把难题交给领导，甚至是责怪领导事先没有想周全。

“要不然这样，”领导说，“大部分同志先回去，回去先休整一下。至于以后是不是再来，还是另外派人来，回去之后研究再说。现在我一个人也定不了。”

领导就是领导，在大家的意见充分发表之后，领导总能提出一个比任何一个人的意见都高明的意见。

领导的意见立刻得到大部分的拥护，但是，少部分人呢?那个必须留下来的少部分人呢?他们能高兴吗?谁愿意充当这少部分人呢?

大家你看看我，我看看你，又一起看看领导。

领导宣布：散会。

散会之后，领导专门找邓光辉谈话。

领导向邓光辉检讨，说邓光辉写入党申请书这么多年了，组织问题一直没有得到解决，他这个当领导的有责任，有太大的责任。

“是吗?”邓光辉很疑惑，“我写过入党申请书吗?”

“写过啊，”领导说，“上大学的时候就写过啊。”

邓光辉想笑，但不敢笑，领导找谈话是十分严肃的问题，谈入党问题更是严肃得不得了的问题，怎么能笑呢。

“是的，”邓光辉也严肃地说，“上大学的时候我确实写过入党申请书，并且也积极要求过入党，每月都写思想汇报，积极着呢。可是不行啊，我们家成分是工商业兼地主，又是地主又是资本家，无论我怎么样改造世界观，家庭出身这一条是无论如何也改造不掉的，所以我也就算了，不争取了。”

“怎么能不争取了呢?”领导说，“现在改革开放了，不搞阶级斗争了，没有地主资本家这一说了。现在国家要实现四个现代化，其中关键是科学技术现代化，你是我们院的科技骨干，我们院是国家甲级科研机构。实话告诉你吧，这次来花垣县之前，我们已经考虑你的入党问题了。”

邓光辉激动了一下，真是踏破铁鞋无觅处，得来全不费工夫，当初自己那么想加入组织，可组织的大门硬是对他紧紧关闭，现在自己几乎已经完全把这件事情忘了，组织却主动考虑发展他了。

“我一定好好工作，接受组织上的考验。”邓光辉的记忆显然是被唤醒了，十几年前的话居然能像背大鼓书一样脱口而出。

“好!”领导兴奋了，“我就知道你是好样的。”

接着，领导马上就对邓光辉开始“考验”，说他自己明天必须和同志们一起回去，他不回去，没法向院里汇报这里的工作，也没办法研究下一步的工作。

邓光辉点点头，表示理解，理解分管副院长确实应该回去。

“但是，”领导说，“这里的工作交给别人我又不放心。交给谁呢？这个人既是代表我的，也是代表我们整个研究院的呀。”

邓光辉再次点头，赞同领导的意见。领导走后，留下的人确实既代表考察组领导也代表我们整个研究院。

“这个人不但要业务过硬，”领导继续说，“而且还要思想过硬。要有魄力，有胆量。关键时候要敢于承担责任，敢于拍板。”

这么说着，领导就有些兴奋，虽然眼前只有邓光辉一个人，他却像是面对全院的同志在做报告。

情绪是能互相感染的。这时候，邓光辉的情绪也被感染得莫名其妙地有些兴奋。但他不知道自己兴奋什么，为什么兴奋。

“你说我们这里谁能承担这个重任？”领导问。

谁能承担这个重任？邓光辉被领导问傻了。他哪里知道谁能承担这个重任。

新分配来的两个大学生肯定不行，还在实习呢，哪里能代表领导代表研究院？刚才带头说牢骚话的那个更不行。就那思想觉悟，让他代表研究院，还不败坏我们部属研究院的名誉？还有另外几个有资格的工程师，因为想老婆孩子而吵着要回长沙的，脸都憋红了，当然也不行。都不安心工作了，还有资格代表领导代表研究院？这么七想八想，想到最后，竟然发现除了领导本人和他之外，好像谁都不适合承担这个重任。

忽然，邓光辉警觉起来，他觉得领导这样单独和他谈话，非常像样板戏《智取威虎山》里面参谋长和杨子荣的谈话，那里面好像也用到了“重任”这个词，像是“革命的重任担在肩”。再一想，可不是嘛，该领导也就是分管业务的副院长到现在还喜欢唱样板戏呢，每年春节联欢的时候都来一段，特别喜欢唱《共产党员》那一段。

“您的意思是……？”邓光辉的心跳得厉害。

“我想来想去，只有你最合适。”领导说。

邓光辉由于家庭出身问题加上脾气不好，一辈子没有得到领导重用过，没想到今天一下子得到领导的高度重用，心里唯有一个想法：决不辜负领导的希望。

领导决定，由邓光辉负责，带着两个刚分配来的新大学生留守，其他同志全部回长沙。

谁也没有想到，正是这次本来可以理解成被领导当猴耍的留守，让邓光辉的人生发生了决定性的转折，使他成了冶金部长沙矿冶研究院第一个富起来的人，成了大款。也正因为如此，他才有能力在关键时刻资助石晓晴上了粤港影视艺术职业学院。

第七章　蝴蝶效应

王莹接到石晓晴的电话非常意外。

王莹是石晓晴的保险经纪人，或者叫保险顾问，还可以叫保险代理，甚至可以叫投资顾问。说实话，石晓晴也搞不清楚到底叫什么，反正就是拉石晓晴买了商业保险的人。在石晓晴和王莹的交往中，总是王莹主动给石晓晴打电话，也总是王莹请石晓晴消费，像这样石晓晴主动给王莹打电话，并且说是请她做面部保养的情况，还从来没有发生过，因此，王莹不仅意外，而且有些受宠若惊。

石晓晴和王莹是在公共汽车上认识的。

石晓晴自己有车，但她很少开车。比如去美容院，离家那么近，她就从来不开车。还比如去老东门逛街，她也很少开车。主要是那里停车实在不方便，有找停车位的时间，乘公共汽车都到了。所以，尽管有车，但石晓晴却经常步行或乘公共汽车。

对于石晓晴喜欢步行和乘公共汽车却又要买车的做派，母亲何竹青表示完全不能理解，更不能接受，说这不是钱多了烧得难受吗。

石晓晴觉得母亲老土，没法沟通，不跟她讨论这个话题。但是，同样的话题，她却主动和姐姐石晓雨说过。

当然，是在电话里面说的。

石晓晴对石晓雨说，车是一定要有的。在深圳，没有车就没有脸面，没有身份，没有同一层面的朋友。同一层面的朋友都有车，就她没有，怎么和朋友交往？如果哪天朋友约她去溪涌金海滩打麻将，她说对不起，我没有车，你来接我吧，那么，这次别人肯定是来接，但下次别人还愿意约她吗？久而久之，她就只能结交没有车的朋友圈子了。

“所以，”石晓晴说，“必须有车。但有车未必就要用。有车不用，宁可乘公共汽车，和买不起车而不得不乘公共汽车，二者是有本质区别的。后者是贫穷，前者是品位。”

石晓晴要的就是这种品位。

那一天打麻将的四个人当中有一个人临时缺席，害得她们几个玩不成，石晓晴闲得无聊，决定去老东门逛街。逛街就是逛街，不一定要买东西，如果真要买东西，不是去西武就是去中信广场了，说不定还可以去香港。但老东门有老东门的味道，就像长沙的南门口，无聊的时候逛逛还是挺不错的。

照例，石晓晴没有自己开车，而是乘坐公共汽车。由于经常乘坐公共汽车，所以石晓晴对半山花园门口公交车线路非常熟悉，知道从半山花园到老东门乘坐 103 路空调大巴最方便，比自己开车还方便，所以，那天她就乘坐 103 路空调大巴。

其实，说“乘坐”并不确切，应该叫“乘站”。因为没有座位了，那天她是“站”在车上的。

石晓晴愿意“乘坐”公共汽车，但不愿意“乘站”公交车。站着累。石晓晴并不是怕累，但她下车之后逛街需要体力，所以，她必须事先节省体力。上车之后，石晓晴时刻注意着乘客的动向，发现有下车的，她就要立刻占领空出来的座位。果然，车到仙湖植物园，有一个乘客站起来，准备下车，石晓晴迅速捕捉到了这个动向，立刻前去占领。可惜，由于距离比较远，尽管行动迅速，但也不好意思太急切，所以晚了一步，让座位旁边的一个乘客占了先。不过，这个占先的乘客并没有立刻坐下，而是先看了看座位，又看了看匆匆赶过来却一脸失望的石晓晴，然后非常友好地笑了笑，对石晓晴说：“你坐吧。”如果对方是位先生，对不起，石晓晴会毫不犹豫地坐下，然后冲对方一个友好的微笑，算是回报。事实上，这样的事情经常发生。石晓晴之所以有车不开，喜欢乘坐公共汽车，经常有人热情主动地给她让座恐怕也是原因之一。但是，那天给她让座的不是先生，而是小姐，一个不及她漂亮但和她差不多一样年轻的小姐，这就让她感到有点意外，就没有一屁股坐下去，而是多少有些迟疑。

“没关系，”对方说，“我喜欢站。”

既然对方这么说，石晓晴也就不客气了。笑了笑，轻声说了声“谢谢”，然后坐下。

坐下来之后，石晓晴仍然有些不自在，准确地说是有些不好意思，觉得有些欠对方的，就想找些话说，否则就有一种白占了别人便宜的感觉。石晓晴不是那种喜欢白占别人便宜的人，所以就应该说点话。但是，说什么呢？石晓晴不知道。以往遇上这种情况，一般是对方先说话，说一些诸如“小姐气质很好呀”或“小姐我好像在哪里见过你”这样的话，石晓晴则根据自己当时的心情和对对方的印象随便应付几句，倒也应付自如，但今天情况不一样，今天对方是位小姐，石晓晴就觉得自己有义务主动和对方说话。

“你经常乘公交啊？”石晓晴没话找话。

“也不是，”对方说，“平常开车，但到老东门这样的地方来就乘公交车。”

石晓晴听了心里一惊，像是遇到了知音，说：“哦？为什么？”

“哦”的声音拖得蛮长，结尾还带拐弯，像弦乐当中的上滑音，明显是惊奇的意思，脸上的笑容也不禁放大一些，整体上说是热情不少。

“我技术差，”对方说，“不会停车，再说停半个小时就十五块，逛一下午要几十块，还不如坐公交算了。”

石晓晴笑了，笑着说“我也是”。

两个女人说笑之间，车就到东门了。二人下车，石晓晴有些不好意思立刻说拜拜，而是问：“你打算买点什么？”

“不买什么，”对方说，“瞎逛。你呢？”

“我也是。”石晓晴说。

“那我们一起逛吧。”对方说。

"好。"石晓晴说。

于是，她们就一起逛。

后来，在整个逛街的过程中，对方表现得很热情，很客气，但也很自然。晚上吃饭的时候，两个人吃自助火锅。便宜，一个人才三十块。本来石晓晴是想好了替对方买单的，没想到对方已经提前把账结了。毕竟只有三十块钱，如果石晓晴硬给人家，反而显得小气了。没办法，只好主动给对方留电话，说下次再请对方。对方笑着回赠名片，说行，下次你请。石晓晴接过名片，才知道对方叫"王莹"，是推销保险的，还是什么金牌人物，顿时有一种上当受骗的感觉。心想，难怪呢。

石晓晴有这种想法并不奇怪，因为她多次遭遇拉保险的亲近，由于商业目的太明显，所以石晓晴很反感，可毕竟是熟人介绍认识的，又不能太没有礼貌，还必须应付，很不舒服的，最后，她终于想出绝招：凡是碰上推销保险的，她一律把自己说成也是做保险的。如果对方说自己是平保的，她就说自己是人保的。既然都是做保险，同行，我总不能买你推销的保险了吧？这样，既不得罪对方或驳朋友的面子，又彻底地摆脱了对方的亲近。石晓晴还很为自己的"绝招"得意，还专门在电话里向姐姐石晓雨传授经验。可没想到，今天还是中招了。这下好了，电话号码已经给对方了，并且还欠对方一个人情，怎么办？

有那么一段时间，王莹快成了石晓晴的心病。天天担心王莹会打来电话。天天想着如果这时候王莹打来电话，自己该怎么应付。搞到最后，只要手机一响她就紧张，就以为是王莹。

然而，将近一个月过去了，王莹并没有给石晓晴打电话，这反而令石晓晴有些不安了，仿佛上学的时候遇到考试，本来说好了星期五要考试，石晓晴天天害怕星期五的到来，可是，真到了星期五那一天，突然宣布今天不考了，要拖到下个星期一，搞得石晓晴反而失落并且过不好周末一样。

又到了一个周末，石晓晴终于忍不住了，主动给王莹打电话，约她逛街，请她吃饭，把所欠的人情偿还给她。

号码拨通，石晓晴的心脏随着铃声一起忐忑。手机响了一阵对方才接，而且声音遥远。一问，王莹果然在外地，准确地说是在云南旅游。

“对不起，”王莹说，“不能和你一起逛街了。过两天就回来。回来就给你打电话。”

完了。石晓晴想。这下好了，对方更有理由和她近乎了。

两天之后，王莹从云南回来，果然主动打电话过来，说她回来了，有一个 party，想请石晓晴参加。石晓晴没有理由拒绝，只能接受邀请。结果，旧人情没有还上，又添了新人情。类似的情景又经历了两次。包括王莹搞到两张保利剧院的首演式入场券和从老家带回来的火烧猪脚等等。搞到最后，石晓晴觉得不买一点保险就对不起王莹了。直到这个时候，她才不得不承认，王莹不愧是金牌保险顾问。同样一件事情，有些人做起来非常令人讨厌，使你唯恐躲闪不及，而让另外一些人做起来就相当得体，润物无声，于不知不觉中达到效果。比如推销保险，过去石晓晴接触到的那些人都明显目的性太强，让石晓晴害怕，而王莹不是这样，她和石晓晴的交往好像非常单纯，单纯到从来没有任何一次向石晓晴推销保险，却总是不动声色地为石晓晴做着一切，不断积累着与石晓晴的情谊，让石晓晴欠她的人情越来越重，终于，使石晓晴自己觉得心里不安，主动向王莹咨询起来了。

当石晓晴主动向王莹咨询起保险业务的时候，王莹并没有顺着杆子爬，而是瞪着眼睛看了石晓晴半天。

“买保险是大事情，”王莹说，“你可不要为了照顾我而买呀。”

“不是不是，”石晓晴说，“我只是想打听打听。不是说鸡蛋不能放在一个篮子里面嘛，我是想分散风险。”

“那倒是，”王莹说，“买保险是风险最小的。我们最近推出的一个产品，其实就是和存银行一样。保底收益是同期银行利息，额外还有分红，关键是，这期间万一发生什么不测，还能得到全额赔偿。”

“有这样的好事情?”石晓晴问。问的意思并不是表示不相信，而是表示惊叹。

“当然。”王莹说。

接着，王莹就给了石晓晴一份资料，让石晓晴带回去自己慢慢看，不清楚的地方随时问她。末了，王莹还再次强调：买保险是大事情，千万不要听别人忽悠，也不要看了她的面子才买，但如果决定买了，就请关照她的业绩，不要买别人的。

“那当然，”石晓晴说，“要买我就肯定买你的。”

“那我就提前谢谢了。”王莹说。

最后，石晓晴买了王莹推荐的保险，叫“美满人生”，保额一百万，分五年交，每年二十万，第二年就享受分红。

石晓晴对这个险种是比较满意的。一年才交二十万，并没有多大压力，还能享受分红，并且分红所得高于银行利息，问题是，如果保险公司破产，那么她不是亏大了？所以，她今天给王莹打电话，说是这家美容院不错，她请王莹来做个面部护理，但事实上，是想探探口风，实在不行，她考虑退保。

王莹到达之前，石晓晴已经做了安排。具体做法是让美容院的电视调到财经频道。这样，王莹来了之后，她们做着美容，看着电视，自然就聊到了美国的次贷危机和金融风暴。

石晓晴先是捧一下王莹，说你是金融专家，现在电视上一天到晚说次贷危机和金融风暴，制造紧张空气，搞得吓死人的，到底是怎么回事情啊。

王莹说姐姐你真能开玩笑，我哪里是金融专家呀，就是闲着没事顺便做点保险罢了。

石晓晴说做保险就是做金融啊。即便不是专家，起码经常听专家讲课吧。

王莹说那倒是，我们要定期接受培训的，每次培训都有专家讲课。

石晓晴说还是啊。

王莹说讲的都是一些皮毛，还没有讲到次贷危机和金融风暴这个层次。

石晓晴说那可不行啊，听说美国那边都有银行和基金破产了，你们国邦保险的总部在美国，你可不能一点不关心呀。

王莹说不会吧，次贷危机好像是与房地产贷款引起的危机吧，与保险扯不上关系。

“那可不一定，”石晓晴说，“你听说过蝴蝶效应吗?”

王莹想了想，没想起来，又努力想了想，最后摇摇头，表示不知道。

石晓晴现炒现卖，把从姐姐石晓雨那里听来的东西添油加醋，说蝴蝶效应本来源于气象学的，一只蝴蝶在巴西扇动翅膀甚至会在美国得克萨斯引起龙卷风，而现在则更多地用它来表达经济现象，意思是在某一个经济环节引发的危机可能引导到表面上与该环节毫不相干的经济领域上。比如由美国房地产不良贷款引发的经济危机，很可能波及中国的保险行业。

“所以，”石晓晴最后说，“我劝你早留个心眼。”

王莹被她吓着了，一脸的茫然，像迷途的羔羊。

“什么意思?”王莹问。

石晓晴没有立刻回答，而是想了想，仿佛她也不知道是什么意思，或者是她知道是什么意思，但没有绝对的把握，不敢确定，还可以理解为她是故意这样延迟回答，以表明她的回答是很慎重的。总之，在沉默了片刻之后，石晓晴才说：“我的意思是你可以考虑换一家公司，反正在哪里做都是做，干吗非得在美国的保险公司做呢?”

说完，没有等王莹来得及思考，石晓晴就立刻转换话题，给王莹讲个笑话，就是她姐姐昨天电话里面说的那个笑话，她姐姐家狗被银行送来信用卡的事情。

王莹听了果然大笑，并且引得为他们做面部护理的两个小姐也跟着哈哈大笑。但是，笑过之后，王莹才悟出今天石晓晴请她出来消费的真正含义：既然都劝她换保险公司了，那么潜台词是不是石晓晴自己要把自己的“美满人生”保险转到其他保险公司去？如果真是这样，王莹想，那么就真是蝴蝶效应了——一场发生在美国的金融危机竟然影响到一名中国保险推销员的业务。这么想着，王莹就果真感到了危机。

第八章　峰回路转

没有去过花垣的人，不能真正理解“峰回路转”。

从长沙去花垣，先要经过湘西自治州的首府吉首。现在有高速公路了，很快，可在当时要一整天。从吉首到花垣，直线距离并不长，但真要走起来，相当艰难。吉首与花垣之间的盘山公路，在中国肯定算不上最高，也算不上最险，但却能真切地让你体味到什么叫“峰回路转”。刚开始都一样，在山脚下慢慢爬坡，慢慢盘旋。越爬越高，越盘越陡，越爬弯度越大，但不管是哪里的盘山公路，不管这个盘山公路有多险，司机都有一个明确的目标，都知道前进的方向，都能预先知道或预先估计到在哪里要转弯，在哪里要爬陡坡，在哪里可能是前方视线的死角，白天行车，遇到这些地方就要鸣喇叭，警告对方可能出现的车辆，如果是夜晚，则要打远灯，有经验的司机除了打远灯之外，还要打闪灯，让自己也让对方从变化的灯光中看清楚路面，看清楚旁边的障碍，看清楚对面可能突然出现的车辆并让对面的车辆提早看到自己。可是，在吉首与花垣之间的盘山公路上这些经验都不管用。在快到山顶时，第一次走这条道的司机会发现自己完全没有了判断，假如有判断，那也肯定是错误的判断，因为，盘山公路在这里突然往完全相反的方向转过来，真真切切地就是绕着一个高耸的山峰，跨过一座山涧天桥，往回转了回来，然后才重新向上盘旋，拾阶而上。三个月前邓光辉他们从长沙来花垣的时候，第一天赶到吉首，第二天花垣县有关部门来车接他们，司机是当地人，对这条路熟，当然没有大惊小怪，但坐在车上的邓光辉他们却吓出了一身汗。他们中的许多人是学探矿的甚至是学地质的，走过的山路险路肯定不少，可面对这样的怪路还是第一次，觉得完全不可思议，完全出乎自己的意料。后来，在花垣的时间长了，才从当地人口中知道，那地方果真叫“峰回路转”。当年建设这条公路的时候，从地形和坡度考虑，怎么计算都没有办法翻越顶峰，设计者脑袋都想大了，几天几夜睡不着觉，后来好不容易睡着了，做的梦还是关于修路的，梦见主峰与次峰之间出现了一道彩虹，这才受到启发，在次峰与主峰之间架设了一座天桥，并使盘山公路向回转，转到下面那条路的头顶上，以距离换坡度，这才修通了这条路。三个月后，邓光辉因为被安排留守，也同样经历了人生的一场转折，一场“峰回路转”的大转折。

第二天一大早，领导和同志们都起床了。给邓光辉的感觉是他们这一夜根本没睡，单等着天亮呢。

他们确实要起早，一大早起床，赶头班车爬上那座大山，再小心翼翼地经过峰回路转，盘下大山，然后走几十公里山路，下午才能顺利地到达湘西自治州首府。在吉首住一夜，买好明天去长沙的车票，明天再赶一大早的车，如果仍然顺利，第二天晚上就能回到他们阔别三个月朝思暮想的长沙了。

领导和同志们走后，招待所顿时冷清了许多。可邓光辉心里是热的。他四十岁的人了，第一次接受重用，心里高兴。这种高兴很快就体现在他对部下的态度上了。他本来就是一个工程师，在院外的人看起来，是干部，大小也像个领导，可是在研究院，工程师好比工厂的工人、乡下的农民或部队的战士，总之，就是一介平头百姓，是没有任何“部下”的。可是，今天不一样了，今天他手下有两个刚毕业分配来的大学生，还没有正式转正，当然不能承担任何责任，所以只能归邓光辉领导，并且副院长走的时候明确说了，他走之后，这里的一切由邓光辉负责，两个新来的大学生要服从邓工的领导，因此，他们俩当然就是邓光辉的部下了。邓光辉自己当了一二十年的部下，最痛恨的就是领导把部下不当人，所以，他曾经有过一旦自己当上领导就一定要对部下好的念头，可这个愿望一直没有实现，今天好不容易实现了，邓光辉决定把理想变成现实，第一件要做的事情就是晚上请两个实习生喝酒。

邓光辉这个人身上或许有许多缺点，比如说话随便，一点也不像知识分子，起码不像高级知识分子，因此在研究院就显得很出格，不是那么受人尊敬，但他身上也有很多的优点，比如为人大方、不小气、敢于仗义执言、不搞小动作等等。其中最突出的是大方。反正他一个人，没有经济负担，在长沙的时候就经常请同事喝酒，现在到了湘西了，又第一次有了部下，当然更不会吝啬，当天晚上请两个实习生喝酒，喝当地产的“土匪酒”。

“土匪酒”据说确实是湘西土匪发明的，制作原料也不是一般的粮食，而是当地山里野生的一种植物，叫“救命粮”。这东西也含淀粉，所以也能吃，但味道不好，很难吃，因此，不到万不得已要饿死人，老百姓是轻易不会吃它的，可一旦遇到荒年，它还是能救人一命的，“救命粮”由此得名。湘西过去出土匪，电影上常常把土匪表演得无恶不作，其实，现实生活中土匪并不像电影上表现得那么坏，一般地，能不侵扰老百姓他们尽量不侵扰老百姓，甚至偶然还做一些杀富济贫的“善事”，否则，没有“群众基础”和一定的“口碑”，肯定是不能长久生存的。1932年湘西土匪大火拼，起因就是一伙土匪做了伤天害理的事情，另一伙土匪去“摆平”的。事实上，土匪躲在山里，也搞一些小生产，比如种粮食、养家禽、打猎等等，并非完全靠打家劫舍过日子。用“救命粮”酿酒也是这种“小生产”之一。新中国成立之后，特别是湘西剿匪之后，土匪没有了，这种“土匪酒”曾经消失过一段时间，改革开放之后，人们温饱问题解决了，又想着返璞归真，于是，有人“匪性”难改，从市场需求出发，把几乎失传的“土匪酒”重新搬上了餐桌。

“土匪酒”味道特别，有点像农家自己酿的米酒，但是比米酒甜，还微微有一丝野果子的清香，有人说像正宗的法国葡萄酒，但那时候正宗的法国葡萄酒并没有多少人喝过，只能凭想象了。现在邓光辉带着两个实习生就把“土匪酒”想象成正宗的法国葡萄酒，开怀畅饮，一醉方休。

吃着喝着，邓光辉没有忘记自己的身份和责任。身份是领导，至少在两个实习生面前是领导。责任是关心两个实习生的思想情绪。两个实习生虽然没有结婚，不存在回长沙看望老婆孩子的问题，但他们显然不是孙悟空，不是从石头里面蹦出来的，肯定有父母，有亲人，说不定还有女朋友，对领导把他们留下来和邓工一起坚守的决定，当然不敢违抗，但早上看着其他人走的时候，眼神还是流露出羡慕、失望和无可奈何的样子。领导临走的时候特意把邓光辉叫到一边，让他注意两个小青年的情绪变化，随时做好思想工作，要邓光辉不但自己要把工作做好，当好表率，还要注意培养年轻人等等。邓光辉拍着胸脯说没问题，请领导放心。现在，邓光辉请两个实习生喝酒，就是体现关心，体现爱护。所以，他没有光顾着自己喝，而尽量劝实习生多吃多喝。这时候，邓光辉见两个实习生吃得开胃喝得开心，就开始做正面思想工作，说领导让我们三个留下，那是对我们的信任。

两个实习生一个叫陈金扬，一个叫许传智，都是刚从大学毕业，没有多少社会经验，加上喝了点酒，还没有来得及把邓光辉当成真正的领导，所以说话口无遮拦。其中陈金扬先打了一个酒饱嗝，顺了一口气，然后说："屁。还不是看我们三个好欺负。"

邓光辉听了一愣，一口菜夹在筷子上，忘记往嘴巴里面送，僵在那里。

邓光辉不是那种很能沉得住气的人，这要是放在以前，就凭实习生这句话，他是肯定要发火了，可今天不行，今天他第一天当领导，虽然是仅仅领导两个实习生的小领导，但毕竟是领导，应该有涵养，要能沉得住气，不能跟小青年一般见识，加上有早上大领导临走前的交代，所以，邓光辉虽然心里想发作，但终究还是忍住了，没有发火。

另一个实习生许传智比陈金扬圆滑一些，会察言观色，这时候见邓光辉脸色难看，马上就出来打圆场，说："也不能说是欺负，主要是看我们三个人没老婆，无牵挂，所以才安排我们的。"

许开智的话虽然不像陈金扬那么刺耳，但意思差不多，总之，他们并不认为领导是出于信任才留下他们三个的。

这酒没办法再喝了。

睡觉。

邓光辉躺在床上，并没有立刻入睡，脑子里老是盘旋着两个小年轻的话，又回忆领导昨天晚上的谈话，越想越觉得自己被领导忽悠了。

邓光辉睡不着了。在床上翻来覆去，像烙烧饼，折腾了大半夜。越想越生气，想着你当领导的把我当傻瓜，忽悠我，我也拿你当傻瓜，忽悠你，老子明天就带着两个实习生回长沙，看你能把老子怎么样。

由于夜里没睡好，第二天起来已经接近中午了。

一觉醒来之后，思想发生了变化，邓光辉冷静了许多。静下心来一想，这时候带着两个实习生回去，领导确实不能把他怎么样，而且他也确实解气了，但解气之后呢？不是一切如旧？恐怕还不如以前。你解气了，领导就生气了，领导生气了，早晚还是要把气重新撒回到你身上，并且领导涵养好，不会明目张胆地搞，而是背后搞，关键时刻搞，所以，最后倒霉的还是你自己。

邓光辉开始自我反省，反省自己太不成熟，甚至还不如两个小年轻成熟。两个小年轻还能看出副院长让他们留下的直接原因是他们都是单身，而自己怎么能理解成是领导的信任呢？这么想着，邓光辉就忽然有些不好意思，就觉得有点无地自容。幸好，房间里就他一个人，要不然，真想找个地洞钻进去。

知耻而后勇。邓光辉现在的“勇”不是一赌气带着两个实习生杀回长沙，而是想着如何变不利因素为有利因素，充分利用领导的忽悠，来一个反忽悠，用更有涵养的办法来对付领导的涵养，变被动为主动。

邓光辉或许是比较单纯，没有城府，但脑子并不笨，只是以前心思没有用在这个方面。现在认清形势之后，他马上就进行了周密思考，并且很快就想出了一整套反忽悠对策。

邓光辉开始给两个实习生布置工作。他仿佛已经完全忘记昨天晚上喝酒时候的对话了，仿佛他仍然很单纯，仍然以为副院长让他留下是对他的高度信任，他对两个实习生说：“知己知彼，百战不殆。院长不是说省有色金属研究所也打算有所动作吗？我们现在的任务首先就是要弄清楚他们到底有没有动作，有什么样的动作。你们两个现在的任务就是出去打听这件事情，打听得越清楚越好。”

两个实习生到底是实习生，不管他们喝酒的时候话怎么说，也不管现在他们心里怎么想，但邓工布置的工作他们不能不做，于是，接到任务之后，立刻就出去了。

花垣县城不大，甚至还不如左家垄大，所以，两个小青年放出去之后，很快就把该弄清楚的情况基本弄清楚了。

第二天，邓光辉按照自己的周密计划，独自来到县邮电局，打长途电话，直接给忽悠他的那个副院长打电话，进行反忽悠。

“不得了了，”邓光辉说，“您判断得一点不错，省有色所已经来了，来抢我们的胜利果实了。”

“是吗?”副院长问。

“是啊。”邓光辉说。

“那……”副院长或许想说“那怎么办”，但没有说出口，可能及时意识到自己的院长身份，不能这样以讨教的口气咨询部下，所以话说到一半就停下了。

邓光辉由于考虑缜密，这时候见怪不怪，一本正经，耐心等候领导指示。

副院长停顿了一会儿，说：“你马上去找田县长，说明我们这次是带着任务回长沙的，要集中全院最优秀的专家制定详细的开发方案，争取用最经济的办法最大限度地开发好花垣的锰矿资源。”

“好!”邓光辉说，“高明!”

“那你就快去吧，”领导说，“越快越好。”

“是。”邓光辉答应，“不过……”

“有什么想法，说。”

“没什么想法，”邓光辉说，“就是我这身份对县长这样说合适吗?”

“有什么不合适的？我不是说了嘛，我走之后，你负责。你就代表我，代表我们研究院。”

“好，”邓光辉接过副院长的话说，“我马上就去。另外，最好您亲自给田县长打个电话，我自己不好介绍自己是副组长的。”

这话也是邓光辉事先想好的。副院长走的时候只说他是负责人，但并没有明确地说他是副组长，事实上，考察组也没有副组长。副院长是组长，如果有副组长，起码也要室主任，而邓光辉连副主任都不是，仅仅是一个“光杆”工程师，哪里有资格担任副组长。但是，在特定的情况下，破格也不是没有可能的。比如在战场上，班长排长全牺牲了，连长临时任命一个战士代理排长是很正常的。现在这种情况也是这样，既然说邓光辉是这里的负责人，既然要他代表副院长代表研究院和县长交涉，那么，临时给他一个方便和县长对话的身份也不是没有可能的。

“可以，没问题，我马上就给田县长打电话。你赶快去。”副院长想都没想就回答。

邓光辉这下真是动脑筋了，在去怎么见田县长的问题上都动足了脑筋。比如是单独一个人去还是带着两个实习生一起去，他都经过认真思考。单独一个人去肯定不行，哪有领导出门不带兵的。但两个小青年一起去也不好，也不是打狼，需要倾巢出动。最后，邓光辉决定带两个人当中相对圆滑一点的许开智去。

路上，邓光辉对许开智说：“院长来电话了，专门成立花垣锰矿资源开发项目组，他亲自当组长，我当副组长。”

许开智果然比较圆滑，马上说：“祝贺您，邓组长。”

“嗨，”邓光辉假装不情愿地说，“什么狗屁副组长，其实就是让我在这里顶着，他们在长沙指挥。”

许开智比邓光辉想象的还要圆滑，说：“那更要祝贺。将在外军令有所不受，这里还不是您说了算。”

明知是恭维话，但邓光辉听了还是觉得舒服，甚至有些飘飘然起来。

“别的不敢讲，”邓光辉说，“对你我可以保证，如果你想回长沙，我保证放你。如果你想留下，我保证不会亏待你。”

见到田县长，邓光辉开始忽悠，说花垣锰矿开发已经立项，我们院已经正式成立项目组。

县长还没有来得及反应，比较圆滑的许开智马上就介绍说：“这是我们邓组长。”

“副组长，”邓光辉谦虚地解释说，“这是重点项目，组长由院长亲自挂帅，我们只是做具体工作的。今后还希望得到田县长的大力支持，共同把花垣的锰矿资源开发好，利用好，让优质资源发挥更大的价值。”

田县长是花垣县分管经济工作的副县长，从级别上说，只相当于冶金部长沙矿冶研究院一个处室副主任，但此时国家已结束以阶级斗争为纲，转向一切以经济建设为中心，所以，分管经济工作的副县长在花垣就是半个土皇帝，因此，田县长从一开始就对邓光辉保持着一种居高临下的姿态。虽然一直在笑，并且是一种亲切的微笑，但明显是那种平易近人的微笑，而在邓光辉看来，平易近人就是一种被糖衣裹着的居高临下。

“国家有科技扶持基金，”邓光辉继续说，“我们想通过冶金部向国家申请，到时候少不了田县长提供相关的材料。”

田县长愣了一下，眼睛有活动。

“省里和市里也有，”邓光辉接着说，“省里问题不大，我们部属单位在省里说话多少还是有些分量的。自治州情况我们不熟悉，可能要你们自己申请，但我们会做配合工作，到时候把给国家和省里的报告提供给你们参考一下。”

田县长认真起来。一认真就忘记微笑了，一忘记微笑就没那么平易近人了。于是，也就放弃居高临下了。

当天晚上，田县长留邓组长和许开智吃饭，县经委、科委和当地工商税务相关头头都参加，主要话题是向国家、省、自治州申请科技经费的事情。尽管这件事情由于种种原因最后不了了之，但邓光辉的目的达到了，因为从那天起，花垣县上上下下谁都知道他是冶金部长沙矿冶研究院驻该县的全权代表。考虑到矿冶研究院的级别和自治州一般大，所以，他这个组长或副组长也应该和当地的县长或副县长一样高，因此，他获得了许多连他自己也没有想到的种种好处。其中最关键的是让他成为大老板。

随着改革力度的加大，国家允许私人采矿，而花垣的锰矿呈鸡窝状，本来就不适合大规模开采，似乎就专门等待着国家这项新政策的出台。政策一开放，私人老板疯狂地跑马圈地，各级领导每天都喝得满脸通红，说话的声音也像刚刚下蛋的母鸡，高亢嘹亮许多，可开矿是要专业技术的，开采出来的锰矿经过手选浮选最后加工成氧化锰更需要技术，如此，邓光辉就成了抢手货，一天到晚忙得不可开交。

研究院也开放了，允许工程技术人员以处室为单位在外面创收，收入百分之七十归单位小金库，百分之三十归个人，但百分之七十归处室的这部分也有直接创收者的二次提成，这样，就足以把邓光辉肥死了。后来，私人老板懒得和单位打交道，麻烦，还不如直接请邓光辉帮忙方便，而邓光辉呢，现在是长沙花垣两头跑，但明显是在花垣的时间多，在长沙的时间少，反正天高皇帝远，已经把自己当成半个花垣人了，当然不会多此一举地专门跑回长沙向单位上缴百分之七十的劳动所得，只是偶然良心发现上缴一点点做做样子，所以，等到石晓晴初中毕业，没有考上正规的艺术学校，要上私立影视艺术职业学院的时候，邓光辉已经富得流油，没等石学礼和何竹青开口，就主动掏出几万块钱。

“借。算我们借你的。”石学礼说。

“是是是，算我们借你的。”何竹青说。

“借个屁!”邓光辉说，“石晓晴不是我的干女儿了？我给自己的干女儿出学费，关你们什么事?”

研究院的人都说，人是说不好的，谁知道在研究院不得志的邓大炮到了花垣能峰回路转如鱼得水呢。

还是何竹青说得对，这就是命。否则，纵然有同学在粤港影视艺术职业学院当院长，如果没有“邓爸爸”在资金上的大力支持，石晓晴也不可能初中毕业后直接上大学。

第九章　华尔街是一堵墙

华尔街是一堵墙。

这是石晓晴无论如何都想象不到的。

“你自己不会看啊?”石晓雨说。

说着，就把“华尔街”拼给石晓晴听，“W-a-l-l S-t-r-e-e-t。”

石晓雨从小就比石晓晴学习好，于是父亲石学礼就给她指派了一个光荣而艰巨的任务——帮助石晓晴，所以，她们对这样的“听写”并不陌生，而且得心应手。

“听写”完了，石晓晴吓了一跳。原来我懂英文啊?

石晓晴一直以为自己完全不懂英文，但是没想到，“听写”完了一看，她居然认识这个“Wall Street”。

“Wall”她认识，是墙的意思，“Street”她也认识，是街的意思，连在一起就是“墙街”的意思。

“原来这么简单啊。”石晓晴高兴了。

“是啊，”石晓雨说，“就这么简单。你总是这样，把事情想得很复杂，搞得自己都不敢尝试了，其实哪有那么复杂啊。”

石晓雨的这话有所指。小时候她们在一个班，有一次算术小测验，老师为了试探，故意出了一道超出他们学习进度的题，就是一条街道有多长，有多宽，如果在上面铺地砖，问总共需要多少砖，并且告诉了每块砖的尺寸，计算的难度在于：老师给了两种不同尺寸的砖，问每种尺寸的砖各需要多少。就是这个“各”，属于超出学习进度的，于是把石晓晴难住了，石晓晴把学过的方法用了一遍，仍然算不出来，她就认为是老师出错题目了。而石晓雨则相信老师出的题目一定有解，所以她就拼命地解，并且想象着两种砖怎样搭配着排才正好能把街道排满。最后，那天石晓雨最后一个交卷，可她是全班唯一正确的答卷。所以，石晓雨认为，妹妹石晓晴一点也不比她笨，可就是比她懒，怕动脑筋，她也总是逮着机会就鼓励妹妹多动脑筋。现在两个人都成大人了，这个习惯仍然没有改变。

石晓雨告诉石晓晴，华尔街原来确实就是一堵墙，1792 年荷兰殖民者为抵御英军侵犯而建筑一堵土墙。当时的作用好比中国的城墙，但比中国一般的城墙短。中国一般的城墙都围成一个圈，而它却建筑在两条河之间，从东河一直建筑到哈德逊河。后来不打仗了，沿墙形成了一条街，因而得名 Wall Street。现在这堵墙早拆除了，但“华尔街”的名字却保留了下来。

石晓雨说她以前也不知道。小时候第一次听说“华尔街”的时候，看见里面有一个“华”，还以为与中国有关呢，后来才知道是“Wall”的音译。

“不对呀，”石晓晴说，“如果是音译，应该叫‘沃尔街’才对呀。”

这个问题石晓雨还真没想过，但她认为石晓晴的问题有道理，想着妹妹果然聪明，只是姐妹俩聪明用的不是一个地方。

“是啊，”石晓雨说，“这个问题我还真没想过，你既然想到了，怎么不往下再想想？”

“我才不想这么无聊的问题呢。你还是给我讲讲华尔街吧。”

“这不就是讲‘华尔街’嘛。”

石晓雨逼着石晓晴想。

“这个名字肯定是中国人翻译的。”石晓晴说。

“对。”石晓雨说。

“那么这个第一次翻译的人肯定心态和我们一样，下意识地在里面安了一个与我们中国有关的字。”

“可能。”石晓雨不敢肯定。

“不是可能，”石晓晴说，“是肯定。”

“好好好，就算肯定吧。”

“那你继续说华尔街吧。”

石晓雨继续说华尔街。

华尔街不仅短，而且窄，长不过一华里，宽仅十来米，比长沙的五一大道和深圳的深南大道短多了也窄多了。然而，山不在高，有仙则名，街不在宽也不在长，有钱就闻名。就在这条既短又窄的“墙街”上，集中了纽约证券交易所、美国证券交易所、众多的投资银行、政府和市办的证券交易商、信托公司、联邦储备银行、各公用事业和保险公司的总部，以及美国洛克菲勒、摩根等大财团开设的银行、保险、铁路、航运、采矿、制造业等大公司的总管理处，因此，“墙街”成了美国金融中心和证券交易中心，也成了世界的金融和证券交易的中心。

“华尔街”成了垄断资本的代名词。

“然而，”石晓雨说，“它的象征意义大于实际意义。”

石晓雨接下来说的话更是出乎石晓晴意料。

她说，早在二十年前，许多金融机构就已经离开了“墙街”，搬迁到交通方便、视野开阔的曼哈顿中城区去了。而老“墙街”周围挤满了古旧建筑和历史文化街区，道路也像蜘蛛网一样难以辨认，太不符合金融机构扩张业务的需求了。特别是“911”事件，更是从根本上改变了华尔街周围的格局，有些机构干脆离开了纽约这座危险的城市，搬到了清静安全的新泽西去了。现在，除了纽约联邦储备银行之外，没有任何一家银行或基金把总部设在华尔街。在著名的“华尔街巨人”中，只有高盛和美林还坚守在离华尔街不远的地方，其他巨人都已经搬迁到洛克菲勒中心、时代广场或大中央火车站周围的繁华商业区。即使是高盛和美林，也已经在曼哈顿中城区购置了新的豪华办公室，不久就要彻底离开旧“墙街”了。

“是不是名字的问题?”石晓晴问。

“什么意思?”石晓雨不明白。

“‘墙’是没有出路的意思，不吉利。”石晓晴说。

“哈哈哈……”石晓雨大笑。她从小就不及石晓晴爱笑，但今天忍不住大笑。

“不对吗?”石晓晴问。

“不知道。”石晓雨说。

“那么现在华尔街做什么?”石晓晴问。

“旅游。”石晓雨说。

石晓雨说现在的“墙街”的旅游作用大于作为金融中心的作用。她经常看见成群结队的外国人带着敬畏的表情到此一游,希望看看“全世界的金融中心”是什么样子。不过令人遗憾的是,他们看到的只是一个荒废的商业区,几栋陈旧的摩天大楼,以及许多露天茶座和咖啡馆。

“就是这也维持不长了。”石晓雨说。

“哦?为什么?”石晓晴问。

“因为最有象征意义的纽约证券交易所现在已经不允许游客进入了,所以,”石晓雨说,“即便是作为旅游价值,华尔街也所剩无几了。”

“喔。”石晓晴叹了口气。

片刻之后,她坚定地说:“那我也要去。”

“去哪里?”石晓雨问,“你要来华尔街?”

“对。”石晓晴说。

“你怎么见风就是雨啊。”石晓雨说。

“怎么,不欢迎啊?”石晓晴说,“放心,我不花你的钱。”

“我不是这个意思。”石晓雨说。

“你等着吧。”石晓晴说。

说完,没等石晓雨说“拜拜”,就把电话撂了。

第十章　承　诺

临走之前，何竹青先与石学礼通了气，然后认真地看着石晓晴，郑重地提出一个要求：上大学期间绝对不能谈恋爱。

石晓晴点头，说知道了。

何竹青仍然不放心，又看着石学礼，希望石学礼能说两句。

“是，”石学礼说，“你妈讲得对。其实我们也不是反对你谈恋爱，更不是干涉你的自由，我们只是希望你上大学这三年不要谈恋爱。”

何竹青不满意石学礼的语气，觉得太客气了。她先是白了丈夫一眼，然后严肃地对女儿说：“不是‘希望’你不要谈恋爱，而是绝对不允许谈恋爱。”

“对对对，是不允许。”石学礼说，“主要是你太小，说起来是上大学，其实从年龄上来说等于是上高中。我们等于是要求你上中学期间不要谈恋爱。”

何竹青对石学礼的说话语气仍然不满意，但对他说教的内容是满意的，并且相当满意。说实话，她觉得石学礼比她有水平，态度虽然不严厉，但能说到点子上，比如把不允许石晓晴大学三年不准谈恋爱，转换成实际上是反对她中学期间谈恋爱，这就非常有说服力，就能让石晓晴心服口服。

她对丈夫的态度好了一些，但对石晓晴依然严厉。

“听见了没有?!”何竹青问。

“听见了。”石晓晴说。

“大声一点!”何竹青说。

“听——见——啦!”石晓晴夸张地回答。

何竹青看看石学礼，轻轻地摇摇头，仍然不放心。

何竹青打算亲自送女儿去粤港影视职业技术学院。去之前，先给当院长的老同学打了个电话。不知不觉间，感觉已经不是和同学对话了，而是在和领导说话。

老同学说他非常忙，所以非常抱歉，这次就不能专门接待她了。

“没关系没关系，”何竹青说，“就这已经够麻烦你了。”

老同学大概觉得态度生硬了，不够亲切，于是又说了一些亲切一些的话，说学校虽然在东莞，但你可以直接到深圳，从深圳来学校更方便一些。

何竹青说好，同时又问学校在深圳是不是安排接站。

她知道这样问不太好，但又不得不问。深圳她就没去过，东莞更是很少听过，不问清楚，她怕连学校都找不到。

“可能没有。”院长回答得不是很肯定。但何竹青听出是肯定没有的意思。她在院长办公室工作多年，虽然自己算不上领导，但对领导的说话方式还是基本了解的。领导说话的最大特点是模棱两可，一般不把话说死。特别是否定的话，总是要找一种不确定的方式表达出来。比如明明不行的事情，到了领导嘴里不说“不行”，而是说“恐怕不行”。像现在，明明学院不会安排车辆在深圳火车站迎接新生，这个院长也肯定最清楚，但他不说“没有”，而说“可能没有”。

稍微停顿一下，院长又说：“如果没有，你又实在找不到，到时候可以打我的电话，我让他们接你。”

“那好。那就太麻烦你了。”何竹青说。

放下电话，何竹青心里不踏实。或者不是不踏实，而是不开心。至于为什么不开心，她不知道。平心而论，老同学已经相当客气了，说的也全是实话。想也能想得出，新学年开学，作为院长老同学该多忙啊。现在的院长已经不像以前那么单纯，以前只操心教书育人，现在还要操心创收和应付各项检查和达标，院长不但是专家，同时还要会公关，甚至还要学会和黑社会打交道。新学年开始，公关的任务比教学任务重，院长焦头烂额，确实不可能专门腾出时间接待一个十几年前的同学老大姐。再说，像她这样的熟人送子女上学的肯定不是一两个，要是都得院长亲自接待，也不现实。这些道理何竹青当然明白，可仍然有些莫名其妙的不开心。本来同学关系是最平等的关系，不管一方当多大的官，只要你不求他，就永远是平等的，可一旦自己求对方了，马上打破平衡，起码在心理上出现不平等。比如现在，何竹青就感觉自己在老同学面前矮了一截，所以，通完电话，脸色不太好。

何竹青打电话的时候，一家人在场。不仅正式的家庭成员在场，连“准”成员邓光辉也在场。当然，何竹青与院长的对话他们也都听见了，其中的五味也能闻得到。

“嗨，”邓光辉说，“这还不简单。你不要听他的，到什么深圳，就在东莞下，东莞大概就这一所大学吧？我不相信出租车司机不知道。”

邓光辉说着，拉开他的老板包，取出皮夹子，展开，啪、啪、啪……数出十张百元大钞，伸手递给石晓晴，说：“拿着。”

这就是邓光辉，表面上大大咧咧的，其实很细心，这时候他如果是把钱递给何竹青，何竹青就是心里想接，估计也伸不了这个手，可石晓晴就不一样了，石晓晴是孩子，是邓光辉最喜欢的干女儿，她稍微犹豫了一下，快速地看看何竹青，又看看石学礼，见他们俩都没有明确表示反对，飞快地接过一千块钱，甜甜脆脆地喊了一声：“谢谢邓爸爸！”

其实父母是反对的，至少石学礼是反对的，但由于整个过程太快，他来不及表达这种反对。

晚上睡在床上，夫妻俩说起白天的事，有些唉声叹气。

何竹青说，这有钱人考虑问题就是和没钱人不一样，在我们看来非常麻烦甚至有些尴尬的事情，在邓大炮看起来根本就不是问题。到东莞下车，出站就打出租车，多简单的事情，可我就楞是想不起来，希望人家接又不好意思说，自己去又怕找不到，其实想想东莞也不会比长沙大，打个出租车也没有多少钱啊。

“肯定花不了一千块。”何竹青说。

“就是一千块我们也能花得起。”石学礼说。

石学礼的意思是不该收邓光辉的钱。

虽然没有说出口，但作为老婆的何竹青还是明白丈夫石学礼的潜台词。可明白之后，她想到的却是另外一个问题。

“对啊，”何竹青说，“石晓晴最听老邓的话，明天让老邓对她说说。”

“说什么？”石学礼的思维没有何竹青那么跳跃，在她面前常常慢半拍。

“你说说什么？”何竹青反问。

石学礼愣了一下，反应过来，说不让石晓晴谈恋爱的事情。

何竹青“嘁”了一声，把身子背过去。

第二天去火车站，照例是全家一起送，包括“准”成员邓光辉。

临上车之前，何竹青特意给了邓光辉和石晓晴留下一段单独的时间。邓光辉遵照他们夫妇的委托，说出了她父母的担心，提醒石晓晴在上大学期间不要谈恋爱。

石晓晴非常尊重邓光辉，平常她要是闹什么小性子，父母的话不好使，只要邓光辉一开口，石晓晴准给他面子。可今天不一样，今天正因为她尊重邓爸爸，所以才不愿意骗他，听了邓光辉的话，石晓晴反问邓光辉：“邓爸爸，你怎么也这么说？是不是我妈妈叫你说的？”

邓光辉略微想了想，也不想骗石晓晴，于是就实话实说，说是，是你妈叫我说的，但我觉得他们讲得有道理。再说他们也是为你好啊。

“为我好不假，但不一定有道理。”石晓晴说。

“哦，怎么没有道理？你讲给我听听。”邓光辉说。

这就是邓光辉和她爸爸妈妈的区别。允许她申诉，或者说是允许她讲出自己的心里话。而何竹青和石学礼不是。如果是他们，一听石晓晴这样说，非打即骂，起码要吼，根本不听她申诉。其实申诉的过程往往是讲真话的过程。父母不允许孩子申诉，在剥夺孩子自尊的同时，也剥夺了自己听真话的机会。而邓光辉不一样，他能耐心地听石晓晴申诉，所以他能听到真话。

“我也不是小孩子了，”石晓晴说，“这点事情还不会掌握？真要是谈恋爱，初中也可以呀。你们以为初中就没有谈恋爱的吗？”

邓光辉自己没有结婚，因此也就没有自己的孩子，这个问题他还真没想过，根本不知道现在的孩子在初中的时候就可以谈恋爱。所以，石晓晴这样一回答，竟把他说傻了，说愣住了，不知道往下该怎么说了。

“他们就不怕我有逆反心理？”石晓晴接着说，“他们就不怕越是这样不信任我，我就越是要跟他们反着来。”

听石晓晴这样说，邓光辉清醒过来，严肃地表达了自己作为长辈的观点。

“这可不是闹着玩的，”邓光辉严肃地说，“吃亏的是你自己，千万不要跟他们赌气拿自己的前途和名誉开玩笑。”

石晓晴见邓光辉突然严肃，反而笑起来，说："我知道。邓爸爸。我不会拿自己开玩笑的。"

最后，他们达成协议，在大学三年里，石晓晴能不谈恋爱尽量不要谈恋爱，实在抵挡不住了，一定要告诉邓光辉。作为条件，邓光辉承诺一定要为她保密，绝对不能告诉她爸爸妈妈。如果邓光辉违反协议，那么石晓晴也不遵守协议。

两个人拉钩，算是郑重承诺。

可是，石晓晴能兑现这个承诺吗?

第十一章　次级贷款相当于“次品贷款”

石晓晴终于等到了展示自己权威性发言的机会。

今天是周末。按一般人的理解，石晓晴不用上班，周末与平常没什么两样。其实不然。对石晓晴来说，区别大着呢，甚至比上班一族的区别还要大。整个日常生活都发生了变化。

石晓晴平常的主要生活内容除了吃饭睡觉之外，就是炒股票、做美容和打麻将。但证券公司周末不开门，股票市场周末不交易，石晓晴不可能在公休日做股票，这一项自然与平常不一样了。至于做美容，大礼拜美容院倒是开门的。不但开门，而且早早地开门，生意比平常好。可正因为生意好，上班族都赶在大礼拜做美容，所以美容院的老板娘并不希望石晓晴星期天来凑热闹，更希望她在非高峰期间来提高美容院的“人气”。而石晓晴自己呢，反正也不是天天做美容，与其星期天和上班一族排队争位置，还不如等到下周一。所以，石晓晴星期天也不做美容。三件事情当中的两项与平常不一样了吧？

最后一项是打麻将。

石晓晴星期天是打麻将的。但同样是打，方式却与平常不一样。主要表现在两个方面：一是时间不一样，二是对局的牌友不一样。

先说时间。

由于周末两天不做美容了，时间充裕，打麻将的时间自然不必限定在每天的晚饭之后，而可以提前整整半天，也就是提前到中饭之后，甚至可以打连场，从星期五的晚上一直打到星期六的早上。赶上兴趣大的时候，再坚持半天打到星期六中午也不是不可能的。如果条件许可，牌友当中的某位有本事，通过关系在南澳那边开了一栋别墅，里面有吃的、有喝的，还有睡的，可以吃了再喝，喝了再睡，睡完再打，后勤保障充分，就可以连续作战，一直打到星期天的晚上甚至星期一的早上也不是没有可能的。这就与平常不一样，很大的不一样。

再说牌友。

平常的牌友基本上是固定的，就她们几个悠闲女性。偶然其中的一个带来一男半女，客串一下，成不了气候，不能改变平常牌友的基本成分。周末就不一样了，平常隔三岔五偶然露面的客串牌友集体亮相，反客为主，加上本来就是基本固定的牌友，只不过平常要上班，没有机会，好不容易逮到一个大礼拜，自然不肯放过，于是，大家凑到一起，一桌不够了，必须再加一桌，甚至两桌三桌，平常固定的几位美女这时候相当于半个主人，不能再在一桌打了，而是分散到各桌，充当体育比赛当中的种子选手，所以，和石晓晴直接对局的牌友与平常自然不一样。

今天的情况属于吃大餐级的。平常和石晓晴一起打麻将的一个“种子选手”上周一就开始嚷了，说她要为大家介绍一个新朋友，作为见面礼，新朋友在溪涌开好了一栋别墅，吃喝拉撒睡全包，可以玩两天两夜，别墅很大，人数不限，每个“种子选手”可以多带几个朋友，大家玩个够。

石晓晴知道自己门路窄，或者门路并不窄，但她的门路要用在更重要的地方，不想为打麻将这样的事情消耗掉，所以不打算用同样的排场偿还麻友的人情，因此，她并不打算带任何朋友去。不过，想着做任何事情都不能过分，如果别人都带三五个朋友去，而自己一个都不带，搞得像不合群一样，也不好，最后，石晓晴只带了王莹去。

之所以要带王莹，有两个考虑。一是因为王莹是女孩，起码是女士，反正是女性，而在这样的场合，女性是受欢迎的，自己带着王莹去参加这样的集体活动，不需要承担很多人情，甚至完全不需要承担人情。深圳的许多场合不是明确声明“女士免票”吗？其二，是因为石晓晴与王莹之间的事情还没完。上次请王莹做美容，石晓晴简单地透露了一下自己的疑问和担心，算是放点口风，观察一下王莹的反应，也让她有个思想准备，但话并没有说透，退保的事情还没有开口，此事并没有了结，这次带上她，不但可以多偿还一些王莹的人情，而且还可以视机会和她把话挑明。

石晓晴只带王莹一个人，其他“种子选手”就可以多带几个，避免名额浪费。这是上星期就说好的。所以，那天在溪涌别墅，人就特别多。有些人石晓晴认识，有些虽然不认识，但至少见过，面熟。还有一些则完全是陌生的，是朋友的朋友带来的，比如孔教授。

孔教授嗅觉灵敏，很快就发觉石晓晴身边只有女伴，没有男伴，于是，立刻就把目标锁定在石晓晴身上。

孔教授非常有经验。明明心中的目标是石晓晴，却把突破口放在她身边的王莹身上。好比当初上大学的时候，坐在火车上，明明想和对面一个女生搭讪，可偏偏先把自己带的水果给旁边的一个老太太，然后才给那个女生一样。

饭局之前，心急的人已经支起了一桌。但石晓晴没有。她不想搞得急吼吼的样子。她有的是时间，天天打，不在乎吃饭之前这点时间。王莹本来就不喜欢打麻将，这时候见石晓晴不急，她自然更不着急。于是，她们俩站在凉台上说着闲话。

两个女人各怀心事，却小心翼翼地回避敏感的话题。

石晓晴觉得现在不是谈退保问题的时候。反正有整个大周末两天两夜的时间，没必要那么快就进入主题。要等待机会，要创造氛围，要自然而然地水到渠成。可是，这话就在嘴边，明明心里一直想着，嘴上却不能说，也是要费劲的。正在这个时候，孔教授走过来了。

“哎呀，好风景啊。”孔教授说。

虽然不认识，但来的都是朋友，即便本周不是朋友，下周也就是朋友了。所以，石晓晴非常友好但不失矜持地以微笑和轻微的点头作回报。

王莹微笑的幅度大一些，具体表现就是目光在孔教授的脸上停留的时间更长一些。

孔教授受到了鼓励，马上就取出名片，做自我介绍。名片先呈给王莹，然后再呈给石晓晴，并且在呈给石晓晴之后，马上就把目光移回到王莹脸上，仿佛他给石晓晴名片是出于礼貌，而给王莹才是真心。但事实上，心里想的正好相反。

孔教授把笑脸立刻转向王莹的直接理由是王莹回敬了名片，而石晓晴则没有，所以从表面上看，他不得不面对王莹。

“对不起，”石晓晴说，“我没有名片。”

“啊，哈，没关系，大人物都不用名片。”孔教授一边说着，一边阅读着王莹的名片。

“啊，国邦保险。好，金融机构，还美国的呢。好。”孔教授说。

假如说刚开始王莹对教授的热情是出于习惯或商业需要的话，那么现在她肯定是出于真正的开心。

“孔教授是教金融的?”王莹高度热情地说，“还请多指教呢。”

“不敢当不敢当，”教授说，“我是教企业管理的。”

“企业管理也要懂金融啊。”王莹热情不减。

“一点皮毛，一点皮毛。”教授面对着王莹，余光却注视这石晓晴。

石晓晴见他们相互吹捧，聊得热烈，仿佛把她当空气了，突然有一种被人冷落的感觉。想离开，却又不想让人看出自己的小气。这时候只好将目光锁定在教授的名片上。

孔德明。名片上写着。

特区大学管理学院教授。石晓晴继续往下看。

真是教授？在石晓晴的记忆中，教授都是白胡子老爷爷，怎么现在这么年轻都当教授了？难道是副教授？应该不会。名片是“明骗”，要到处散发的，一般的副教授脸皮没有这么厚。难道他根本不是教授，而是地道的骗子？石晓晴这样怀疑也是有道理的，因为地道的骗子骗人没有底线。

这时候，陆陆续续又有一些人到达，离开饭的时间更近了，所以，刚来的人并没有急吼吼地支起另一桌，而是会集到石晓晴他们这边来，听教授对两个美女高谈阔论。

“很多人对保险人误解，”教授说，“其实在国外，投资顾问是很受人尊敬的。保险经纪人和银行职员、证券经纪人一样，都属于金融从业人员，是白领中的白领。”

教授的声音更加高亢一些，似乎很有献身精神，他的话不是只给眼前两个美女听的，还要照顾其他人，而不管后到的人是不是有意要听他的言论。

不管别人想不想听，但王莹肯定想听。这时候，王莹听孔德明这样说，心都快要跳出来的样子，眼睛闪烁着光芒，脸上泛着红润，恨不能把身体靠上教授的样子，完全忘记了石晓晴的存在。

“孔教授对最近爆发在美国的次贷危机有什么看法？”石晓晴问。

石晓晴这个时候突然问这个问题，当然不是因为和王莹争风吃醋。她觉得王莹和她不是一个档次。虽然在这个场合，她们看上去像一对平等的朋友。但不可否认，石晓晴这个突兀的问题有突然插一杠子的嫌疑。说实话，石晓晴是女人，小女人。王莹绕过她和教授热乎的做派让她不舒服。毕竟，你是我“带”来的呀。

石晓晴问这个问题的另外一个想法是想试探一下，看眼前的这个孔德明到底是不是特区大学管理学院的教授，如果是，那么他对这个话题不可能一无所知。

当然，石晓晴下意识里也有炫耀的意思。她从姐姐那里获悉这么多第一手猛料，不找个机会抖搂一下，确实是一种浪费。仿佛自己精心准备了一桌饭菜，结果客人并没有来一样。

教授不得不调整面部的角度，正对这石晓晴，余光并没有注意王莹，而是关注旁边的一圈人。

“次品你懂吗?”教授问。

石晓晴略微愣了一小下，然后轻微地点点头，表示知道。小时候妈妈为了节省开支，还特意通过熟人买次品。比如碰掉一小块搪瓷的脸盆什么的。

“次级贷款其实就是‘次品贷款’。”教授说，“简单地讲，就是不合格的贷款。或者说是给本来不符合贷款条件的人发放的贷款。这样的贷款风险等级比较高，属于‘次级贷款’。一单两单无所谓，外国的银行和中国一样，都有一定比例的‘呆账率’，但如果是大量的‘次级贷款’，发生大量的不能偿还，远远超出一般的‘呆账率’，那么就能造成恶性循环，连锁反应，最终就要爆发危机。现在美国就出现了这种情况。简单地讲，就是由于大量的次级贷款引发了一场金融危机。”

虽然是回答石晓晴的问题，但教授的话显然不是说给石晓晴一个人听的。这时候，孔教授似乎对自己的回答非常满意。他以为，作为教授，把问题回答清楚不算本事，能用外行人能听懂的语言回答专业问题才算本事。他认为他做到了。所以，这时候教授希望得到石晓晴的喝彩，也希望得到周围其他听众的喝彩。

喝彩虽然没有，但赞许已经有了。虽然是余光，但教授仍然清楚地看到旁边的几位在默默地点头，包括王莹都在点头。可是，石晓晴没有。石晓晴现在想的恰恰相反，她非常希望自己能用一个问题把教授问倒。

石晓晴脑海中紧急搜索了一遍，努力把姐姐灌输给她的一些知识串联在一起，想从中总结出一个刁钻的问题，让教授张口结舌。

石晓晴这样想当然不是因为和教授有血海深仇，而仅仅是想给自己一个彰显知识的机会。当然，她也想趁机打击一下教授，并不是因为仇恨，她和教授之间没有仇恨，但看着教授这副得意的样子，石晓晴就想打击他。

“假如美国的房地产价格一直维持上涨，次贷危机是不是就可以避免?”石晓晴问。

表面是请教，其实是暗暗较劲。

教授果然一愣。不是回答不了这个问题，而是没想到从石晓晴嘴里能问出这样的问题。

显然，这是一个拐着弯才能回答清楚的问题，因此，也是一个需要拐弯才能提出的问题。能提这样的问题，就说明她已经触摸到次贷危机的本质了。那么，教授刚才故意用外行能听懂的语言描述这个概念是不是太小瞧对方了？或者反过来说，是不是自己太自以为是了？毕竟，这里是深圳，这是一个深圳有身份人群的圈子，谁能猜到这里面的人有多大的来头？

“理论上说是这样的，”教授谨慎地回答，“因为业主可以不断地用转按揭的方式套取现金，支付银行的本金和利息。但事实上这是不可能的。因为房地产价格不可能无限上涨。而且越是上涨，将来爆发的危机越是严重。”

“是这样的，”石晓晴没有继续提问，而是接着教授的话说，“因为房价上涨伴随着利率上升，而利率上升会增加贷款人的负担，最终还是导致贷款人偿还不起贷款，发生断供。断供的人多了，银行收回房产拍卖给谁？反过来必然导致房地产价格下跌，而且下跌的速度比上涨快。”

石晓晴不是教授，没有考虑用外行人听懂的语言说话，所以，石晓晴说完，最吃惊的不是孔教授，而是和她一起来的王莹。王莹自以为自己在保险公司工作，按照孔教授的话说，也算是在金融机构工作，属于白领中的白领。平常她和石晓晴的交往中，尽管明确地知道自己在许多方面不如石晓晴，比如同样是有车，但石晓晴的车是宝马，而自己的车是飞度，但至少在金融知识这一块，自己是可以当石晓晴老师的，没想到刚才石晓晴的一番话，明显不在孔教授之下，令王莹吃惊不小。

“开饭啦开饭啦!”下面有人喊起来。教授还没有来得及回答，就被吆喝开饭的声音打断，只好抱歉地抬腕看了看表，然后对石晓晴说：“先吃饭吧。”说着，做了一个礼让的动作，非常绅士地让石晓晴和王莹走在前面。

第十二章　机会是自己创造出来的

粤港影视艺术职业学院对所有的学员有个承诺：保证在学习期间能上影视。

这个承诺很有力量。许多同学正是因为这个承诺才投奔来的。

学院的承诺不是虚假广告，而是金口玉言。

这点，刚开学不久，石晓晴就相信了。

虽然还没有在她身上兑现，但已经在周萍身上兑现了。既然已经在周萍身上兑现了，那么离石晓晴还远吗？考虑到她妈妈跟院长还是同学，石晓晴更有理由相信自己一定能很快走上荧屏。

周萍和石晓晴是老乡，很近很近的老乡，近到两家只隔一道院墙。

要说这个老乡，还是妈妈何竹青帮石晓晴找的。

何竹青儿女心重，总觉得石晓晴年纪小，这么小的年纪一个人在外她不放心，本打算把石晓晴托付给自己老同学的，可一看老同学那么忙，连她自己送石晓晴去的时候也只匆匆打了一个招呼，哪里有精力关照石晓晴。回来之后，何竹青不放心，四处打听，终于打听到与研究院一墙之隔的中南工业大学有一个子女也在粤港影视艺术职业学院，叫周萍，比石晓晴高一届。何竹青托工大校长办公室的熟人带着她去了周萍的家，提着礼品拜访了周萍父母，拜托周老师夫妇给女儿周萍打个招呼，让两个孩子在学校互相关照。

当然，何竹青说，石晓晴小，周萍大，主要是周萍关照石晓晴，所以她这里先谢谢了。

周老师夫妇死活不接受礼物，说都是兄弟单位隔壁邻居，两个孩子出门在外上学都不容易，都需要互相关照，周萍大一些，多照顾石晓晴也是应该的，怎么能接受你们的礼物呢？说着，当着何竹青的面就给女儿周萍打了电话，说矿冶研究院何阿姨的女儿石晓晴今年也考上你们学院了，并且也在表演系，你主动去看看她，看有什么需要帮助的，平常两个人要多关心，你大，她小，你要像姐姐一样多关照石晓晴等等。

周萍虽然并不认识哪个“何阿姨”，但母亲的话她还是听的，当天晚上就找到石晓晴的宿舍。而石晓晴也早接到何竹青的电话，一见到周萍，亲热得不得了，姐姐长姐姐短，两个人立刻就成了好姐妹。所以，周萍参加电视剧《征婚》剧组的事情，石晓晴在第一时间知道了，并且高兴得不得了，仿佛是她自己要上电视一样。

石晓晴想，周萍只比自己高一届，就已经参加剧组了，那么是不是意味着我明年就能上电视呢？这么想着，石晓晴就很激动。就能想象出母亲在电视上看她的情景，就能想象父亲看她的情景，能想象姐姐和邓爸爸看她的情景，想象老师和同学看到她的情景。总之，她感觉自己离明星已经不远了。

不过，周萍对此却不以为然。

周萍虽然只比石晓晴高一届，但因为是高中毕业才来粤港影视艺术职业学院的，所以整整比石晓晴大三岁，好像对什么事情都已经看得很透。

“这没什么，”周萍说，“都能上。”

“都能上？”石晓晴似乎有些不相信。

“都能上。”周萍非常肯定地说，“合同上不是写着的嘛。”

合同上确实这么写的，但石晓晴仍然不是很相信。不敢相信。如今不遵守合同的地方多着呢。

因为石晓晴一直想当明星，电视上一个有关明星成长的节目她看过，从那个节目当中，石晓晴知道，即使是上北京电影学院或中央戏曲学院，最后能成明星的一个班平均都摊不上一个，绝大多数人从表演系毕业后，就再也没有机会表演了。国家重点电影学院或戏曲学院都如此，我们这里难道人人都能有机会上电视？

可周萍很肯定，说肯定能上，都能上。

周萍告诉石晓晴，不要以为我们在电视剧中充当一个角色是学院给了我们天大的恩惠，其实是拿我们当廉价劳动力呢。

廉价劳动力？怎么可能呢？也不是让我们扛麻袋运石头。石晓晴觉得周萍姐姐说法很奇怪。

周萍解释说，我们这个学院是香港一家电视台办的。

石晓晴点头，这个她知道，来之前就知道。

周萍又说，香港的电视台工作效率比内地这边高，拍电视都是流水化作业，同一个场景从不同的角度拍摄几个镜头，这个电视剧用过了，换个角度可以剪接在另一部电视剧里。

这个石晓晴不懂，根本没听说过，但她相信周萍姐姐说得没错，好比爸爸的单位里施工图可以用在不同的工程当中一样，所以，她仍然点头。

周萍继续说，老板很鬼，每部电视剧都只用一个最多两个大牌明星，剩下的全部都用她们这样的学员，表面上是给了学生上镜的机会，其实替他们节省了很多演员费用呢。

石晓晴一想，也是，就是临时请群众演员，演个战士或土匪什么的还给钱呢，不要说有台词的正式角色了。

石晓晴吸了一口冷气，吐出一句话："原来如此。"

"这也没什么大惊小怪的，"周萍说，"对我们也没有坏处，很多大牌明星还是从拍广告出道的呢。"

周萍说了一个当今走红的演员的名字，说这个走红的演员当初就是在这里当学生的时候演了男二号，一举成名的。

"学员还能演主角?"石晓晴更惊奇。

"多呢，"周萍说，"除了男女一号之外，其他基本上都用学员。好比吃大餐，只要上了一道龙虾，其他配菜用大白菜代替芥蓝、用鲩鱼代替石斑、用白斩鸡代替烤乳鸽，大餐照样是大餐，谁会在意?"

石晓晴点头，使劲点头，对周萍姐姐佩服得五体投地。同时心里想，只要能成名，我愿意当大白菜，愿意当鲩鱼，愿意当鸡……不行，最后这个不能当。

《征婚》剧组就在学院内，这样，参加该剧组的学员在完成拍摄任务的同时，并不耽误正常的学习。具体到周萍，演一个总共只有三句半台词的小丫鬟，占用上课的时间更少。而且拍戏的时间多在晚上，更不会耽误正常的教学。晚上石晓晴也不上课，所以，每次周萍去剧组，石晓晴总是陪伴着。

第一次是石晓晴申请去的。主要是好奇，想看看拍摄过程到底是什么样子。周萍不知道是想满足石晓晴的好奇还是想满足自己的虚荣，总之，带她去了。

石晓晴很乖巧，去了之后只认周萍，不认其他人。具体地说，她只和周萍说话，不主动与其他任何人说话。而且把周萍当成了大腕，把自己当成了丫鬟。周萍化妆的时候，由于是小角色，请不动化妆师，必须自己解决，或学员之间互相帮忙，这时候，石晓晴最殷勤，不仅递这拿那，而且充当镜子，帮周萍看，需要的时候还亲自动手，帮周萍补妆。周萍上场的时候，石晓晴抱着她换下的衣服，拿着她的包，还不失时机地为她调好水，不冷不热，等周萍从聚光灯下走出来，正好喝上一口。

或许周萍并不渴，但感觉很好。

如此，就养成了习惯，排戏的时候到了，不用请，石晓晴自动地赶到排练厅，搞得好像她也是剧组的人。

这一天又是排戏。导演，当然也是学院的老师，临时心血来潮，要增加一个小情节，需要一个过场演员，而这个过场演员不能是剧情中已经出现过的人物，于是，临时让石晓晴顶一下。

石晓晴在剧中没有一句台词，就是挨了一鞭子，做出一个痛苦而愤恨的表情。

本来这是一个小得不能再小的角色，但石晓晴非常重视，小角色当成大角色演，每个动作和表情甚至动作和表情的幅度都经过反复推敲，仔细揣摩，认真演练。结果，导演非常满意。特别是在演练过程中，对方失手，鞭子没有收住，真打在了石晓晴的身上，虽然不是很重，但也比她长这么大挨过的任何一次打都疼。这是真正打人的鞭子啊。可石晓晴一声不吭，一点抱怨都没有。

对方是个高年级的学员，叫包诗度，包诗度非常不好意思，向她道歉。石晓晴说没关系。包诗度还是不好意思。石晓晴说："我总算找到挨鞭子的感觉了。谢谢！"

大家以为这是石晓晴的幽默，一笑了之。只有周萍为石晓晴打抱不平，板着脸要包诗度请客赔罪。

"一定，一定。"包诗度认真地说。

"不用，真的不用。"石晓晴说。

石晓晴心里想，凡是成功的明星，一开始都是要吃苦的，香港有些演员还是通过三级片出道的呢，我挨一鞭子算什么？

私下里，周萍仍然不服气，替她抱不平。石晓晴反过来安慰周萍。说自己虽然挨了一鞭子，但仍然非常高兴，毕竟，她是她们这一届第一个上镜的，而且还挨了一鞭子，到现在还疼，足以证明自己确实已经拍戏了，而不是虚幻的。说得周萍直摇头。

石晓晴的表现被导演看在眼里。导演虽然并不知道石晓晴内心的想法，但她认为这小姑娘不娇气，能吃苦，于是，在下一个剧组中，立刻就给石晓晴安排了一个正式的角色。正是这个角色，让石晓晴崭露头角，为她此后所经历的一切打下基础。

那一年，石晓晴十六岁，大二。而姐姐石晓雨却还在读高二。寒假回家的时候，两个人相见，姐姐石晓雨还是一名中学生的模样，而妹妹石晓晴却已经有明星的派头了。姐姐心里多少有些酸酸的，但仍然对妹妹取得的成绩衷心祝贺。石晓晴则悄悄地告诉姐姐：机会有时候比努力还重要，但很多机会是自己努力得来的，而不完全是撞大运来的。

看，才十六岁，说话已经像大人了。剧组锻炼人啊。

第十三章　美元是借条？

像这样以打麻将为核心的聚会，吃得不是很讲究，只要吃饱吃好就行，不太注重形式。比如今天，人比较多，一桌两桌坐不下，别墅里面也没有更多的餐桌，于是，干脆就搞起了简易自助餐。像当地客家人的大盆菜一样，三荤一素四盆分量够大的菜放在大厅一侧的餐桌上，旁边有饭有汤，吃多少盛多少，不浪费。

心急的人不仅打麻将急，吃饭也急。等石晓晴他们一拨人从楼上下来的时候，刚才提前打麻将的人已经先行吃饭。明明有凳子和沙发，可他们不坐，就那么站着吃。狼吞虎咽，吃得很快，仿佛他们是直肠子，站着吃便于吸收和消化，使进食过程进一步简化，明显就是吃完之后立刻接着打的样子。

石晓晴不急，盛了饭菜之后在茶几旁边坐下，细嚼慢咽，不急不躁。

这就是修养。是石晓晴自己悟出来的修养。每逢这样的场合，她都牢记两点：第一要吃少，不要搞得像在家没吃饱的样子，所以，这时候碗里盛得很少，万一有人问，宁可说减肥，也比贪吃强；第二要细嚼慢咽，不能狼吞虎咽，一副实在吃不下但又不能不给主人面子的样子。

不知不觉间，王莹和孔教授也坐到了她身边。

石晓晴对他们点点头，笑笑，算是打招呼。

王莹坐到她身边可以理解，她是跟着石晓晴来的，当然尽可能和她保持一致，不能搞得像不认识。

教授好像也不喜欢打麻将，至少不是非常迫切地想打麻将。他来参加此次聚会的主要目的是寻找机会，寻找结识年轻漂亮有身份的女人的机会。现在，他的目标已经锁定石晓晴，这时候见石晓晴和王莹坐在茶几旁吃饭，略微犹豫了一下，也凑了过来。

没话找话，教授继续着刚才的话题。

“石小姐是在大学当老师还是在银行高就?”这次教授没有用王莹打掩护，而是直接向锁定的目标进攻。大概他已经感觉到了石晓晴的精明，这时候再用王莹做幌子说不定弄巧成拙，不如直接面对目标。

“我？没有没有。赋闲在家，炒炒股票，知道一点皮毛而已。”石晓晴不是谦虚，而是实事求是。

“那你是学金融专业的?”教授又问。

“不是不是，”石晓晴说，“我哪有那么大学问。”

说完，石晓晴又补充了一句，说自己是学表演的。

她已经相信眼前的孔先生确实是大学教授了，至少是副教授，心里自然多了一份尊敬，不敢傲慢，所以主动亮出自己的真实身份。

“哎呀，那就更不得了，”教授夸张地说，“不是学金融的对次贷危机能理解得如此透彻，石小姐悟性了得！”

教授这样一喊，自然就引起了其他人的注意，包括那四位急吼吼站在旁边进食的麻将鬼的注意。不过，他们要急着打麻将，虽然眼睛朝这边瞟了一下，可进食的速度并没有减慢。继续吃，吃完可赶快接着打。

靠拢的还是刚才楼上的几个。人以群分。刚才的几位对经济形势感兴趣，现在仍然感兴趣。

本来打算炫耀的，现在见大学教授在面前，又围拢几位并不熟悉的人，石晓晴忽然有些不好意思了。

“哪有什么悟性，”石晓晴说，“我是瞎说的。”

“瞎说都能说到点子上，我们不是快没饭吃了。”教授继续不依不饶。不知道想讨好还是要争胜，或者既是讨好又是争胜。

“我……我真不懂。我听我姐说的。”

“她姐在美国，在华尔街，专门做投行的。”王莹抢着补充。像是替石晓晴解围，又像是替她炫耀。而石晓晴现在已经不想炫耀了，但既然王莹已经这样说了，只好借坡下驴。

“我确实不懂，只是在电话里面听姐姐说点，就记住了。”

“噢，”教授好像更来兴趣了，“你姐姐都说了些什么？”

本来石晓晴一直等待这样机会的，可今天机会真的来了，才发现等来的未必是自己真想要的。她突然不想说了。不知道是在年轻的教授面前感到气短，还是今天的气氛与她期望中的不一样。

说了什么关你什么事？

石晓晴心里想。

但仅仅是心里想，嘴巴上是肯定不能这么说的。

“也没有什么，”石晓晴说，“只不过大家现在都关心‘次贷危机’，但我不懂，所以就在电话里面问了她。”

“问了什么？”教授穷追不舍。

石晓晴觉得教授有些过分了，甚至再次怀疑他身份的真假。

“没问什么，”石晓晴说，“就和刚才我问你的问题一样，问她什么叫‘次贷危机’。”

“噢，她怎么回答？”教授问。

石晓晴真的有些讨厌了，但出于礼貌，不便发作。再看看周围，大家好像和教授的心情一样，希望得到来自美国的正确答案。

“和您刚才回答的一样啊，只不过……”石晓晴略微停顿了一下，仿佛是故意吊大家胃口，等吊足了，才接着说，“只不过姐姐提到了金融衍生工具。但具体怎么说的，我记不得了。教授，您是专家，您给大家说说是怎么回事。”

石晓晴灵机一动，反守为攻。

石晓晴这样一说，大家立刻齐刷刷地轻度右转，眼睛盯着孔教授。

“啊，是，金融衍生工具刚开始可以起到延缓危机爆发的作用，但属于治标不治本，等到危机爆发了，它又反过来对危机爆发起到更大的推波助澜作用。”

教授进一步解释说，金融衍生工具是金融资产衍生工具的简称，有很多种，如远期合同、金融期货、期权和互换等。最典型的例子是银行把低质量的住房贷款也就是“次级贷款”打包成证券再卖给其他投资人。这些人再用发债方式转让给另外一些人。

“每次转让都是要抽取利润的，”教授说，“因此蕴藏其中的风险就会像滚雪球一样越滚越大，使本来可以缓解危机爆发的工具变成一种积累风险的工具。但雪球不可能无限大，所以发生雪崩是早晚的事。而且雪球越大雪崩爆发造成的危害就越大。比如现在美国爆发的金融危机。”

“他们这是在出卖信誉啊。”石晓晴说。

是脱口而出。她本来已经不打算说了，但听到这里，不知道怎么没忍住，脱口说出来了。

“对！”教授有点兴奋，因为石晓晴的脱口而出再次印证了他的判断——石晓晴的悟性了得！

“美国其实是靠出卖信誉维持繁荣的，”教授接着说，“不仅债券，就是美元本身，其实就是借条啊。”

“美元是借条？”石晓晴问。同样是脱口而问。因为她从来就没有想过美元是借条。

“对呀，”教授说，“你想想，中国就储存了将近两万亿美元，世界其他国家储存的美元加在一起就更多了。以前美元是可以直接兑换黄金的，三十五美元就能兑换一克黄金，如果中国拿手中的美元去兑换黄金，那不是把美国国库里全部的黄金都兑换过来还不够。”

是啊，石晓晴想。

“干吗不去兑？”这时候旁边一个人插嘴说，“要是我就全部拿去兑。”

这话石晓晴赞同，她的第一反应也是这样的，不过她注意到教授刚才说了“以前”两个字，可以理解成现在不能这样做了。这么想着，她又脱口而出了：

“现在是不是美元不能兑现黄金了？”

“是！”教授说，“所以我们现在持有美元其实是持有美国的信誉。如果我们不相信美国的信誉，美元不就是一张精美的印刷品吗？”

第十四章　算不算初恋？

包诗度说话算话，后来果然请石晓晴吃饭。

当然，不是请石晓晴一个人，而是请石晓晴和周萍两个人。

这不奇怪，因为这顿饭是周萍为石晓晴争取来的，所以包诗度要请就必须请两个人。否则，等包诗度请完石晓晴之后，周萍不承认怎么办？他不是还要请一次？

后来就果然再请了一次。这次倒不是被周萍逼的，而是包诗度主动请的，因为附近镇上新开张一家洋餐厅，对他们这些半大的少男少女很有吸引力，不少同学都去过了，包诗度还没有去，所以就叫上石晓晴一起去。

当然，还有周萍。因为这时候石晓晴和周萍看上去是一体的，叫上石晓晴就必须叫上周萍。

那是一个礼拜天的晚上。因为明天还上课，考虑到学员们连续排了两天的戏，老师发善心，早早收场，算是给剧组的同学一个半天的假。

去了之后才知道，所谓的洋餐厅其实是中国人办的。更进一步说，其实就是本小镇上的一个老板办的。不过，如果你不注意，说不定能以假乱真。

首先餐厅的名字叫“麦肯基”，似曾相识。仔细一想，既像“麦当劳”又像“肯德基”，但合在一起又两个都不是，打官司还不一定受理。

其次是装修上也综合两家国际品牌快餐厅的优秀部分，稍不注意，顾客不是以为自己坐在麦当劳里面就是误以为自己进了肯德基。同样，也不完全像，两家国际品牌大公司万一真要找到这个偏僻的小镇上，打起官司起来绝非易事。可见，中国确实进步了，小镇上的餐厅老板不但具有全球观念，而且还有法律意识。

最后是服务和服装，给人的感觉也像是麦当劳或肯德基，但又不完全一样，还是灵活运用了辩证法，合二为一。

最让石晓晴感到新奇的不是这些，而是她发现服务员中有似曾相识的面孔。经与周萍、包诗度紧急交流证实，情况得到确认，那些似曾相识的面孔果然是他们学校的学生。

学生也能来打工？石晓晴感到好奇。

“怎么不可以，勤工俭学嘛。”包诗度说。并说中国学生到了国外基本上都要打工补贴学费的，怎么在国内反而觉得不正常呢。

“那我也想试试。”石晓晴说。

周萍没说话，瞪了她一眼，似包含责备的意思。

包诗度则表示支持，并说如果有时间，他也想试试。

“就当是体验生活。”包诗度说。

气氛不错，但味道不怎么样。至于和正宗的肯德基麦当劳哪里不一样，说不清楚，但不一样就是不一样，不知道是心理作用还是确实不一样。

吃完之后，石晓晴问包诗度：“你是说真的还是说假的？”

“什么真的假的？”包诗度不明白。

“在这里打工。”石晓晴说。

“这个……这个……”包诗度显然没想好。

后来，包诗度和石晓晴果然就来麦肯基当服务员了。

麦肯基的老板虽然是假洋鬼子，但管理上很新潮。对石晓晴他们这样的影视职业学院的俊男靓女，采取绝对欢迎的态度。不仅凭学生证可以免交押金，而且实行弹性工作制，石晓晴他们有时间就来，没时间不来也没关系，工资按实际工作时间累计计算。这样，石晓晴的时间就相当紧张。现在她和周萍不在一个剧组，两个人见面的时间就更少了。

石晓晴来麦肯基打工的时间比较苛刻，既要课余时间，也要没有剧组排练的时间，另外就是还要恰好包诗度也有空的时间。如果包诗度没有时间，石晓晴一个人是不敢到快餐店打工的。这倒并不是说麦肯基是黑店，石晓晴在里面打工有被剁成肉馅的危险，而是担心回来的路上不安全。小镇本来就偏僻，学校离小镇还有两公里左右的偏僻乡间小道，晚上女孩单独回来就是没有危险也会胆战心惊。这样，真正有机会去所谓的洋快餐打工的时间就相当有限，以至于用三天打鱼两天晒网来形容都觉得奢侈了。

那天他们收工之后从镇上回来。时间不算太晚，而且刚修好的水泥路面新安装了路灯，一点也不紧张，所以他们走得不是很快，像散步一样。

“算了，”石晓晴说，“工钱不要了，我以后也不打算再来了。”

“你真当是体验生活啊？”包诗度说。

“当然，”石晓晴说，“但也不全是。如果既能体验生活，又能挣点零花钱，最好。但这个钱太不好挣了，算了。”

石晓晴是算了，但包诗度并没有放弃，他坚持在麦肯基打工，直到学期结束。

学期结束的时候，包诗度领到工钱，跑去找石晓晴，给她钱。

“什么钱？”石晓晴问。

“工钱啊，”包诗度说，“我帮你领来了呀。”

这太出乎石晓晴的预料了。当初她连招呼都没有打，就那么不去做了，意思很明显，就打算不要这个工钱了，现在，包诗度突然把工资带回给她，石晓晴自然有一种得了意外之财的惊喜。

在回长沙的火车上，石晓晴对周萍说起这件事情。周萍说，包诗度这个人确实不错，可就是家庭状况不好。单亲家庭，他跟父亲过，而父亲只是江西一个小地方的文人，没钱，听说他来上学的钱还是父亲举债的。

周萍这些话说起来随意，其实用心良苦，仿佛是特意提醒石晓晴不要陷进去。但作用正好相反，听了周萍的话之后，石晓晴一个假期都没有过好，心里总是想着包诗度。早知道如此，石晓晴想，我这一百多块钱就不该要的。再想想两个人或三个人在一起吃饭的时候，总是让包诗度买单，现在更是后悔不已，仿佛是做了天大的亏心事。

假期结束，石晓晴没有等周萍，而是自己早早赶回学校，名义上是剧组有活动，其实是惦记着包诗度。

火车上，碰上有铁路工作人员卖袜子的，当场表演，找几个乘客和列车员一起使劲拉，袜子也拉不坏，再用钢丝刷子刷，袜子也刷不毛，显示产品相当结实。这种表演石晓晴以前也碰到过。不，应该说每次坐火车都能碰上。以前她对此不屑一顾，甚至比较反感，认为铁路工作人员利用工作之便向乘客兜售产品是不务正业，跟医生向病人推销药品差不多，是不应该给予支持的。但是，这次她的感觉不一样，石晓晴破天荒地一下子买了两包，总共六双袜子。

石晓晴当然不是为她自己买的，而是为包诗度买的。因为她隐约回想起一个细节。有一次她们一起去老师家，进门的时候大家都脱鞋子换上老师家的拖鞋，唯独非常懂礼貌包诗度站在最后，非常难堪的样子，后来，还是老师亲自发话，说没有这么多拖鞋，后面的同学不用脱鞋了，他才如释重负。石晓晴当时没有在意，现在想想，肯定是包诗度的袜子露出了脚指头，不好意思当众暴露的缘故。所以，这时候她赶紧多买几双结实的袜子，包管让包诗度一直可以穿到毕业，再也不会遭遇脱鞋的难堪。

回到学校，石晓晴没有找到包诗度。

到麦肯基打听，老板非常热情，把石晓晴当成大明星，问她这半年在外地拍电视剧拍摄得怎么样。石晓晴莫名其妙，自己这半年就在学校好好上学，哪里也没有去呀。后来她才得知，包诗度为了帮她讨到工钱，给老板编了故事，说石晓晴是因为突然要去外地拍电视剧才不能来办理辞职手续的，等等。

一直等到开学了，石晓晴才获得确切的消息，包诗度退学了。永远离开学校了，再也不会来了！

石晓晴失魂落魄。

她想进一步打听，却又不好意思。

最后，她实在控制不住，在周萍面前失声痛哭。周萍追问她和包诗度之间到底发生了什么，是不是包欺负她了。

石晓晴说没有。

周萍不相信，说什么都没发生，他退学了你哭什么？

石晓晴愣了一下，说是啊，我哭什么。说完，还笑了一下。但刚刚笑完，眼泪又喷涌而出，哭得更加伤心。

周萍后来还是帮石晓晴打听清楚了。包诗度确实退学了。因为他父亲被查出患了骨髓癌，不可能再为他提供学费，而他靠课余时间在麦肯基打工的收入，无论如何支撑不了学费和生活费。并且，他还要想办法为父亲挣医药费，所以假期结束之后就没有再回学校，听说在深圳打工呢。

当周萍把这一切委婉地告诉石晓晴的时候，她的第一反应就是要帮助包诗度。第二反应更具体，给他钱。第三反应对前面两个反应做了颠覆。我哪有钱？帮人是需要有资本的呀！于是，只能再次捧着六双袜子流眼泪。

也就是从那一刻开始，石晓晴真正意识到了钱的重要。她忽然发现，这理想那理想，没钱都是空想。她进一步联想到自己。自己的学费不也是依靠别人施舍的吗？自己尚且靠别人施舍才能上学，又有什么资格去帮助包诗度？自己与包诗度相比，又有多大的优势？包诗度在父亲倒下去的时候，还能够勇敢地站起来，为父亲承担儿子的责任，而她自己看着父亲在“邓爸爸”面前不自在的样子，看着母亲对“邓爸爸”讨好的样子，却能心安理得地继续做着明星梦，这不是很可耻吗？

石晓晴暗暗发誓：一定要赚钱，赚很多很多的钱。一旦赚到钱，马上就上深圳或江西找包诗度，帮他父亲治病，让他重新回到学校，完成学业。还要把“邓爸爸”的钱还了，让爸爸在“邓爸爸”面前理直气壮，让妈妈保持尊严。

第十五章　阴 谋 论

教授和石晓晴再次相见，是下个星期三的下午。

头一天教授给石晓晴打电话，说他们学院从北京请来一位著名的专家谈金融风暴，问石晓晴是不是有兴趣，如果有兴趣，不妨一听。

石晓晴说有兴趣。不但她有兴趣，她的一个朋友也有兴趣，如果教授能安排两个座位，她就去。

教授说没问题，你带十个人我都能帮你安排。

石晓晴说十个人倒没有，就带一个人。

教授说行，特区大学管理学院学术楼，明天下午两点半。

石晓晴有个好习惯，赴约准时，从来不拉美女的架子。曾经有人为此专门表扬过她，但石晓晴不接受。说如果我是靠自己美貌吃饭的，那么我一定要拉美貌的架子，但我是靠投资吃饭的，所以必须准时，不敢拉架子。

看似谦虚，其实是自我澄清和自我表扬。但习惯成自然，石晓晴已经养成了守时的习惯。比如今天下午，两点半她准时出现在约定场所。倒是孔教授自己，没想到作为一个悠闲女性出席这样一个非正式活动能这么守时。所以，石晓晴带着朋友到达学术楼的时候，只见门口耸立着一个大海报，并没有看见孔教授。

石晓晴没有急着找教授，而是先认真看海报。

这也是石晓晴的好习惯。每次赴约的时候如果自己准时而对方没到，她不急于给对方打电话，而是自己找一点事情做，比如先看看报纸或看看杂志，但现在是在学术楼的大门口，既没有报纸也没有杂志，所以她只能看海报。只要有东西看，就能减轻对方因为迟到而引起的难堪。

其实海报的内容没有什么可看的，无非是如今媒体上司空见惯的煽动性语言，目的是吸引读者的眼球，好比本来并不出众的女人，为了引起异性的注意，刻意往死里打扮一样。但海报的形式有点特别，让石晓晴觉得新鲜。

不用说，海报不是临时黑板或红纸白纸上的写写画画，也不是精美的印刷品，如果是这两样，石晓晴就不觉得新鲜了。

这是个什么东西呢？石晓晴一边看一边想。

画面是喷绘的。材质是一种看上去蛮结实的塑料布。这不是主要的，主要是固定它的装置很精致，像是能自动收缩或展开的样子，还能自动固定在那里。

石晓晴正疑惑着，孔教授出现了。

教授是从里面出来的。可见，他也早就来了。

教授一奔过来，还没有来得及打招呼，就忍不住先笑起来。

教授笑着说，石晓晴你关子卖得真大，说带一个朋友，我还以为是位先生呢，思绪万千，搞了半天是王莹，你就说王莹不就行了嘛。

石晓晴则一本正经地说，是你自己想复杂了，“朋友”就一定是异性啊？如果你真在意，昨天直接问不就得了？如果你问带的朋友是先生还是小姐，我肯定就告诉你是位小姐，叫王莹，你不问，难道还要我主动说明是男是女？那不变成我自己多心了？

“好好好，”教授说，“你没有多心，是我多心了，是我多心了。是王莹就好，是王莹就好。好。”

“高兴了？”石晓晴问。

“高兴了，彻底高兴。”教授回答。回答完之后，就觉得这话不对，其中好像有局。可如果再解释，又不妥当。毕竟，王莹在场啊。

王莹倒是很注意自己的身份，始终笑着不作声，仿佛甘愿充当他们二人的桥梁和中介。倒也符合她的职业。

三个人说着笑着。准确地说是两个人说着三个人笑着，就上到了二楼。

一到二楼，立刻严肃了。不知道是事先安排好的还是同学们被训练习惯了，见他们三个人进来，立刻鼓掌欢迎。搞得石晓晴和王莹既紧张又微微有点激动，脸都涨红了，稀里糊涂地被孔教授领到第一排中间的位置。

报告会由孔教授主持。

教授在介绍主讲嘉宾之后，没有忘记介绍在第一排就座的其他嘉宾。

石晓晴以前只知道做报告的专家是嘉宾，今天头回知道在台下听讲座的人也可以被叫作“嘉宾”，比如她自己。孔教授对石晓晴的介绍是“深圳地产和证券投资人”。石晓晴觉得这个介绍相当夸张，可又实在找不出任何一点瑕疵。忽然之间明白什么叫炒作了，就是在没有明显错误的前提下夸大其词啊。

大概这个称呼太真实又能让人产生无限想象的空间了，以至于连报告人也凭位置和主持人的介绍把石晓晴当成深圳的女大亨了。报告中，主讲嘉宾不断和石晓晴做眼神交流，仿佛是在征求石晓晴的意见，又仿佛他和石晓晴早就认识，甚至仿佛他很感激石晓晴，因为石晓晴这样的大人物能出席他的报告会，纯粹是来捧他场的，他必须要以谦卑的态度表达感谢。

主讲嘉宾的观点是“阴谋论”。说这场由次贷危机引发的金融危机他早就料到了。在座的各位去年如果听从他的建议，去看看《货币战争》，恐怕早就和他一样，预料到这场由美国次贷危机引发的世界金融风暴了。

说到这里，主讲嘉宾特意看着坐在前排最中央的石晓晴，并且冲着石晓晴点了点头，还说了句“是不是”，那情景，仿佛是让这位“深圳地产和证券投资人”点头承认他说的对。

鬼使神差，石晓晴莫名其妙地果然点了一下头。仿佛在那种气氛下，如果她不点头，就驳了台上主讲嘉宾的面子了。为了不驳台上人的面子，石晓晴几乎是本能地点了头。虽然几乎是下意识地点头，虽然点得非常轻微，但台上的嘉宾还是收到了鼓励。

“是阴谋。”主讲嘉宾继续说，“完全是一场由美联储导演的阴谋。其目的就是让全世界为美国买单。特别是让我们中国为他们买单。”

为了让他大家理解并接受他的观点，主讲嘉宾开始讲故事。

石晓晴忽然认定该主讲嘉宾是位大学老师，因为凡是大学老师做报告都喜欢讲故事。讲故事能吸引听众，还能充时间，使本来只有一个小时的内容能讲满两个小时，而真正的专家往往不会这一技巧，常常把邀请单位两个小时的安排在一个小时之内讲完了，剩下的时间就只好让听众提问。

主讲嘉宾说他有一个美国朋友，叫汤姆，是个穷光蛋。无固定收入，无固定资产，无良好的信用记录，属于典型的美国三无人员。

说到这里，主讲嘉宾自己先笑了一下，于是下面的学生就跟了笑，石晓晴和王莹也自然跟了笑。

“怎么解决他们这些三无人员的居住问题一直是美国的大难题，”台上的嘉宾继续说，“可如果不解决他们的居住问题，又是严重的社会问题。怎么办？于是就设计了一个阴谋，一个大阴谋。阴谋的第一步是营造一个房地产市场的大牛市，要让所有的人相信美国房地产会一直涨上去，为此，美国采用了持续多年的宽松的货币政策。这样，地产商就会盖很多的房子，汤姆这样的穷光蛋就有了房子来源。但地产商不是福利机构，他们是要赚钱的，而作为三无人员的汤姆根本买不起呀。这时候，美国的银行和房贷机构出场了，他们找到汤姆，极力鼓动，说你看现在美国的房地产市场多好，你赶紧买房吧。汤姆说好是好，但我没钱。银行说没关系，我们有零首付产品。汤姆说我信用等级不够。银行说这也不是问题，你可以找信用评估中介，他们会帮你把一切都搞掂，不过利率会比较高。汤姆说贷款利率太高我付不起呀。银行仍然说没关系，我们专门为你定制了利率重设产品。前三年你只要付很低的利率，三年后再重新设定。汤姆说我连利率都付不起，供楼的钱更没有。银行说我们设计了循环按揭产品，房价不是一直在涨吗？明年房价涨了，我们按照已经上涨的房子新价格再给你做新的按揭贷款，这样你不是有钱供楼了吗？汤姆这才放心了，想着自己反正一无所有，最坏的结果就是房子又被银行收回去而已，免费住几年也不错，于是，按照银行的建议，贷款20万美元买一套房子。如此，房地产商每套成本15万美元的房子以20万美元的价格卖掉了，建筑商、建材商、设备供应商等相关产业也跟着繁荣赚钱，美国政府获得了税收，这笔买房的钱为美国经济的繁荣做出了应有的贡献。”

刚开始，石晓晴一边听还一边心虚。想这孔教授把她的头衔介绍得那么吓人，万一自己一点都听不懂，不是笑话吗？这么想着，石晓晴甚至有点后悔自己来参加这个报告会了。但既然来了，并且是坐在最显眼的位置，想提前走都不行，只能硬着头皮假装很有兴趣地往下听。没想到听着听着，石晓晴发觉问题并不难懂。报告中的很多概念和观点，石晓晴居然能听懂。比如为什么要营造一个美国房地产大牛市，姐姐石晓雨在电话中就对她讲过，所以这时候主讲嘉宾一说，石晓晴马上就能理解。还比如循环按揭，石晓晴也懂。于是，渐渐地，石晓晴就听出了自信，就感觉自己确实是“深圳房地产和证券投资人”了，就越听越有兴趣了。不用主讲嘉宾用眼神交流，石晓晴也能自然地随着主讲嘉宾的讲演节奏频频点头了。

主讲嘉宾接着说：“现在的问题是，美国的房贷机构和银行不是傻子，他们为何要做汤姆这样的高风险客户呢？事实上，银行和房贷机构对次级贷款的风险非常清楚，早有打算，他们的对策是：把住房抵押贷款证券化。可是，这样高风险的垃圾债券有谁要呢？”

主讲嘉宾这样说就好像是提问，而且石晓晴也真歪着脑袋思考起来。

是啊，石晓晴想，明明知道是垃圾债券，谁还会买呢？

然而，主讲嘉宾其实并不是真的提问，他是用这种提问的方式调动听众的注意力。事实上，在提出这样的问题之后，并没有等听众回答，他自己就回答了。属于标准的自问自答。

“这时候，”主讲嘉宾说，“真正的主角出场了。它们就是投资银行和房地产抵押贷款中介机构。其做法是把债务转移到一个轻资产的公司，一旦发生问题，立马破产，让你债权人无从追索。在本次次贷危机中，他们把次级贷款打包成次级债之后，先卖给雷曼兄弟这样的高评级的公司，再由他们重新打包出去。由于雷曼兄弟这样的公司有一百多年光荣历史，信用等级很高，经他们一包装，就变成他们发行的债券了。这样，垃圾就变废为宝啦！雷曼兄弟的迷你债券就可以到韩国和中国香港了。然后，美联储再让雷曼兄弟破产，让韩国人和中国香港人帮美国人买单。”

说到这里，主讲嘉宾故意停顿下来。现场也一片鸦雀无声。

过了一小会儿，下面开始出现轻微的议论声和叹息声。

石晓晴也暗暗叹了一口气。因为说实话，这一点她也是今天才知道，以前和姐姐的电话当中，石晓雨虽然曾经提到她在推销一种迷你债券，但由于石晓晴没有问，所以石晓雨也就没有讲得这么清楚，所以石晓晴并不知道雷曼兄弟在这场危机中的作用。现在总算知道了。

确实有收获啊。石晓晴想。

这时候，主讲嘉宾继续开讲。

“还说我那位朋友汤姆，”主讲嘉宾接着说，“零首付贷款 20 万美元买了房之后，汤姆过上了幸福生活。不但住上了新房子，而且由于房价一路上涨，年底用循环按揭又从银行贷来 3 万美元现金，2 万美元还按揭供楼，还剩下 1 万美元现金可以去分期付款买车度假了。美国房地产市场持续繁荣，穷光蛋汤姆第二年继续用循环按揭又从银行贷来 4 万美元现金，2 万美元还按揭供楼，还剩下 2 万美元现金干脆把买车的分期都付清了。这时候，穷光蛋汤姆摇身一变成了有房有车的有产阶级了。但是，随着美国三无人员买房的越来越多，没房的人越来越少，市场增速开始回落。美联储看看鱼差不多都进网了，该准备收网了，于是，美国的货币政策进入加息周期，快速提高的利率使得市场加速萎缩，房价下跌。而房价一下跌，循环按揭做不成了，汤姆这类人的财源断了。不但不能继续供楼，连吃饭都成问题。这时候，所谓的‘次贷危机’开始出现。但为了卖掉手里的垃圾债券，银行决定先不告诉投资者，宁可自己先掏腰包为投资者支付债券利息，也不向外界透露事实真相。房价继续下跌，汤姆实在供不起楼了，只好搬出去，把钥匙寄给银行，说房子归你了。直到这个时候，纸实在包不住火了，‘次贷危机’才全面爆发。”

主讲嘉宾又停顿了一下，等待大家叹息与唏嘘。

大家果然叹息了一声，包括石晓晴和王莹都相互对看一眼，然后一声叹息。

“汤姆的房子开始挂牌1000美元，”主讲嘉宾继续讲，“还是无人问津。于是挂牌，一美元出售。此时的汤姆靠领救济金生活，每月也有几百美元。他没有正巧赶上一美元一套的房子，却也不失时机地买了一套挂牌300美元的房子，终于还是过上了有房一族的体面生活，不像以前那样一无所有了。可真正为他买单的，则是香港的一位退休老太太。因为老太太用她毕生的积蓄一股脑买了雷曼债券，现在血本无归，正举着牌子天天在香港特区行政院门口抗议示威呢。”

第十六章　初　吻

“少女是在一夜之间成熟的。”这话不是什么伟人说的，而是《职场旋涡中的女性》里面的一句台词。这句台词用来形容石晓晴当时的情况再合适不过了。

其实，说石晓晴是在一夜之间成熟的并不确切，确切地说，她是在一夜之间变得忧郁了。一个天真活泼无忧无虑的少女，突然之间变得忧郁了，给人的感觉就是突然成熟。

石晓晴仍然在学习，仍然在排戏。学习非常认真，排戏不怕吃苦。可一旦空闲下来，她就走神。别人说笑打闹，以前她是主角，可现在石晓晴基本上不参与。坐在一边，看着大家，刚开始还能和大家一起笑，相当于捧个人场。可看着看着，她就走神了。走神的原因是她想起了包诗度。想起如果包诗度没有走，此时此刻他会是什么样子？他会在笑吗？怎么笑？是开心地哈哈大笑，还是矜持地微微一笑？这么想着，石晓晴自己就忘记笑了，就想象着包诗度眼下正在深圳某个地方打工，就想象着他打工的具体情景。越想越仔细，越想越具体。一会儿想着包诗度在真正的肯德基或麦当劳里面当服务员，一会儿又想到包诗度在工厂里面搞搬运，甚至还想到包诗度像酒店里门童一样给一个大老板开门的画面。想到最后，永远都是幻想如果自己有很多很多的钱就好了。这时候，旁边的人因为某一句笑话或某一个动作而哄堂大笑，与石晓晴则一点关系都没有了。万一有人想起她的存在，喊她，或问她为什么不笑，石晓晴要么听而不闻，要么就突然“啊、啊”地傻笑两下，比不笑还不自然。

当然，这一切并没有明显地影响到石晓晴的学习，也没有影响到她的排戏。

他们当时排的就是《职场旋涡中的女性》，基本上是老板与女人的戏。戏中有几个老板，更有一大堆围绕这些老板的女人。包括老板的老婆、老板的情人、老板的秘书、老板手下的女强人，还有一个女人通过奋斗自己成了老板的角色。由于老板与老板之间有业务关系，因此老板身边的女人也就有了交叉关系。这样，就有戏了，而且是好看的戏。

石晓晴最佩服女强人和女老板这两个角色，但这样的角色偏偏没有安排给石晓晴。老师安排给石晓晴的是一个她本人最不喜欢的角色。具体地说，是让她演其中一个老板的情人。而且，更惨的是，这个老板有几个情人，而石晓晴只是其中的一个。

尽管不喜欢，但石晓晴还是非常认真。因为她清楚，这是演戏，是她的学习，是她的工作。要想成为真正的影视明星，首先要学会的就是不挑食。老师给什么吃什么，导演安排什么演什么，并且一定要演好。把猪蹄子当成熊掌做。抱着这样的态度，石晓晴果然就有了收获。

戏曲是人生的浓缩。这是专业基础课老师在课堂上讲的。老师当时在讲这句话的时候，石晓晴并没有在意。现在，当她变得忧郁之后，她才深切地体会到其中的含义。石晓晴忽然发现，人生本身就是一场戏。每个人都在其中扮演一种自己的角色。生活中的角色和戏剧中的角色一样，有大有小，说起来都重要，但所有的演员都想演主角，实在争取不到大角色了，只能努力把小角色演好。演好的目的是想在下一个戏中争取更大的角色。生活中的情景不也是一样吗？

石晓晴认为是一样的。

中国人有文化。不识字的乡下老太太也有文化。一个重要的原因是她们看戏。戏就是文化啊。

为什么人人都想扮演大角色呢？石晓晴又想。是想获得更大的经济利益？或许是，但也不全是。比如他们作为学员参加剧组演戏，其中的大角色和小角色获得的经济利益就没有多大差别。

是想成为关注的中心？是，同样也不全是。最后，石晓晴认为，最主要的是人人都想证明自己。证明自己聪明，证明自己能干，证明自己比别人更强。

难道人一生的全部意义就是为了证明自己的价值？如果真是这样，石晓晴进一步想，最简单的办法就是赚钱。因为比到最后，所有的价值不就是体现在值多少“钱”上吗？

石晓晴又想到了包诗度，想到包诗度的父亲现在还躺在病床上。虽然她从来就没见过包诗度的父亲，也从来没有听包诗度说过，可非常奇怪，此时居然能想象出老人家躺在病床上的样子。

长发，花白，面容消瘦却目光如炬。

石晓晴幻想着自己挣了很多钱，幻想着她成了包诗度的女朋友，幻想着和包诗度手拉着手来到他父亲的床前，幻想着自己悄悄地为老人交了医药费，并叮嘱医生用最好的药，幻想着包诗度的父亲看到她时眼睛里流露出的欣慰的目光……

石晓晴意识到了自己的不孝。怎么没想到自己的父母，却首先想到包诗度的父亲啊。

她不好意思地笑了。幸好，黑暗中没有其他人发现，只有她自己知道。

剧组中的一个老板也是现实生活中的老板。老板复姓欧阳，名鸿海。

和一切电视剧一样，《职场旋涡中的女性》也是几个男人和几个女人的故事。剧中有几个老板。欧阳鸿海扮演的是个小老板。生活中他也是个小老板。

小老板欧阳鸿海和学院的一个老师认识，而老师恰好在本剧中担任副导演，所以就介绍欧阳鸿海在其中担任一个角色。具体地说，就是扮演《职场旋涡中的女性》里面一个小老板。

不用说，是他自己坚决要求参加剧组的。既然如此，当然就是义务的，没有报酬。

不但没有报酬，而且还要支付“反报酬”。

所谓“反报酬”，就是每次他自己开车从深圳来的时候，都不空手。今天一筐荔枝，明天一箱龙眼，有时候甚至是一盒包装精美的车厘子。

那是石晓晴第一次吃车厘子。说实话，她根本就不知道这是什么水果。颜色像李子，形状像樱桃。但比樱桃大，肉多，水多，非常可口。吃过之后，就想继续吃，但欧阳鸿海带车厘子来的机会是相对比较少的。石晓晴因此就有了期盼。有一次到镇上，石晓晴看到这种水果，记得它的甜美，于是就想自己买一点品尝。挑好了，也称完了，等到一付账，才知道这东西不是四块钱一斤，而是四十块钱一斤。石晓晴真想说不买了，但实在不好意思说出口。这么漂亮的大姑娘，挑了半天，都称好了，能说不要就不要吗？最后，只好咬着牙买了。一斤车厘子搞得石晓晴心疼了几天。每吃下一个，就想到这一个就是一块多钱呢，心里就疼一下，这才惦记起了欧阳鸿海的好处。

记得欧阳鸿海好处的肯定不是石晓晴一个人。因为吃欧阳鸿海车厘子的不是石晓晴一个人。于是，欧阳鸿海在剧组就积累了一些人缘。

或许当初副导演把欧阳鸿海弄进剧组的时候，还跟导演打了一点小马虎眼，等到导演看清楚情况之后，也不好再说什么了。不但不好再说什么，反而像欠了欧阳鸿海的。毕竟，导演吃的车厘子最多。或许还有其他好处，石晓晴不知道，导演自己心里有数。于是，有意无意当中，加大了欧阳鸿海在剧中的分量。其中最主要的，是加了他和石晓晴一个接吻的镜头。

对于导演来说，这是一个小镜头，可对于石晓晴来说，这是一件大事情。

这可是石晓晴的初吻啊！

石晓晴没有忘记自己在“邓爸爸”面前的承诺，她还没有谈过恋爱。石晓晴对包诗度的感情，或许可以理解成初恋，但即便算成初恋，也是没有初吻的初恋。事实上，石晓晴和包之间什么事情都没有，包括没有初吻和没有语言的表白。甚至，在包突然离去之前，石晓晴连想都没有想过她和包之间的情感和关系，只是在包突然退学之后，她才对包诗度产生了无穷的思念，所以，对石晓晴来说，剧情中的接吻就是初吻。

石晓晴是敬业的。为了艺术，或者说是为了能成为明星，不惜献出自己的一切。虽然她还不是正式的圈内人，但已经踏入了影视圈的边缘，对其中的规则和潜规则虽然没有亲身经历，甚至也没有亲眼所见，但听还是听过的，知道很多人为此不惜献出身体，而自己献出的不就是一个吻嘛，豁出去了。

然而，很多镜头石晓晴单靠勇敢是不行的，比如初吻。

第一次排练并不成功。

石晓晴想对欧阳鸿海表示抱歉，想说自己并不是讨厌他，而实在是下意识地紧张。她想告诉欧阳鸿海，她从来都没有接过吻，所以紧张。但她这样的话她说不出口，不知道该怎么说，怕说出来被人误解为矫情甚至调情，越描越黑。

导演鼓励她，说好，非常好，还说第一次不成功非常正常，更加真实。

导演，也就是他们的专业课老师，他们的系主任，进一步启发石晓晴。启发的方式是让她假戏真演。不要把欧阳鸿海想象成戏剧中的老板，而想象成生活中的男朋友。

“可我没有男朋友。”石晓晴说。

“我知道你没有男朋友，”导演说，“但从小长这么大你总有自己喜欢的异性吧？你就把欧阳总想象成你最喜欢的某个男孩子，现在这个男孩子不远千里来找寻你了，终于找到你了，正在向你表达爱情，他要亲吻你了，你该怎么样？”

导演这么说着，石晓晴就想起了包诗度，想象着包诗度在深圳打工，累死累活也挣不够父亲的医药费，为了发财，参加传销，结果，不但没有为父亲赚到医药费，而且父亲的医药费还被骗走了，他悲痛欲绝，打算轻生，找到石晓晴，做最后的告别，说吻她一下，就永别了。

这时候，导演一声不响地做了一个手势，灯光音响迅速调整到位，欧阳鸿海老板在导演的手势指引下一寸一寸靠近石晓晴，石晓晴感觉是包诗度对她做最后的吻别，于是，她完全忘记了这是演戏，而当成了真实的初吻，当成是包诗度的“绝吻”，不知不觉浑身颤抖，两行热泪顺颊而下，当欧阳鸿海轻轻托起她的背，嘴唇贴在石晓晴的香唇上的时候，石晓晴完全把欧阳鸿海当成了包诗度，不但没有躲让，相反，用颤抖的身体迎了上去。

“好！”导演大叫一声，石晓晴如梦初醒。

第十七章　美联储是私人机构？

讲演结束，会场有短暂的寂静，大家好像还继续沉浸在专家所描述的场景当中，没有走出来，或以为讲演还没有结束，以为专家在短暂停顿之后还会像头先那几次一样，又继续演讲，所以大家在等待。

这样等待了一会儿，主持人孔教授起身鼓掌，听众才如梦初醒，跟着鼓掌。然后一个两个，一排两排，跟着站起来。

很快地，有几个学生捷足先登，快速跑上讲台请主讲嘉宾签名。有些甚至还带着主讲嘉宾的著作，请他直接在书上签名。每当这个时候，主讲嘉宾都要抬起头看读者一眼，并且点点头，表示友好。有那么一两次，主讲嘉宾在做这样的动作的时候，还顺便透过人头缝隙，对石晓晴点点头，不知道是对石晓晴表示特别的好感还是把石晓晴也当作他的忠实读者了。

石晓晴礼貌地微微回应一下，决定先走。

“我们走吧。”石晓晴说。

“好。”王莹说。

两个人到了楼下，石晓晴不知不觉放慢了脚步。她觉得好像应该和孔教授打一个招呼，所以有些犹豫。

这时候，恰好又到了海报的面前。

“这东西蛮新鲜。”石晓晴对王莹说。几乎是没话找话说。意在为脚下的犹豫寻求一个合适的理由，或是隐隐约约有种期待。石晓晴相信如果孔教授这时候追出来，肯定还会到这里找她们，仿佛冥冥之中有个约定。既然报告会之前教授是在这里迎接她们的，那么报告会之后的告别也应该在这里。所以，这时候石晓晴故意对王莹这样说，下意识里是想在这里停顿一下，故意等一等孔教授。

“这有什么稀奇的，”王莹说，“易拉宝。”

“易拉宝?”石晓晴没听说过。听上去像一种牌子的卫生巾。但眼前的海报及其装置显然不是卫生巾。

“易拉宝，”王莹说，“我们公司多的是。”

石晓晴微微眯上眼睛想了想，是，听王莹这么一说，这东西还真好像见过。好像是在超市或居民小区门口，放一张长桌子，旁边立着这样一个“易拉宝”，桌子面前坐着一个人或两个穿职业装的人，搞投资保险咨询什么的，其实是开展陌生人的业务。

眼睛睁开，孔教授果然已经追了出来。

“别走别走，一块吃个饭。”孔教授说。

石晓晴看看王莹，仿佛是征求王莹的意见。可王莹没有表达任何意见，好像这是一件与她完全没有关系的事情。

“不方便吧?”石晓晴说。

“没关系没关系，”孔教授说，“正好还可以和郎教授一起聊聊。”

郎教授就是本讲座的主讲嘉宾，海报上写着呢，郎国平。

石晓晴脑筋转了一下，马上就理解了孔教授的意思。第一，公家买单，请主讲嘉宾吃饭，孔教授是借花献佛；第二，邀请她们一起吃饭说不定正是主讲嘉宾郎国平的意思。果真如此，一起吃个饭也不是坏事情。

“那好吧。”石晓晴说。说着，还不忘记看着王莹，仿佛是进一步尊重王莹的意思。

王莹仍然没有明确的态度，但嘴角上透着喜。虽然没有说任何话，但显然是乐意的。

“要不要开车？”石晓晴问。

“开上吧，”孔教授说，“吃过就不回来了。”

这时候，主讲嘉宾郎国平在同学们的簇拥之下已经从楼上缓缓走下来。

石晓晴不想当着这么多人的面打招呼。这是石晓晴的习惯。说不上是好习惯还是坏习惯。凡是在这样的场合，或类似这样的场合，她都不想和成为中心的那个人打招呼，搞得像巴结权贵一样。她甚至害怕主讲嘉宾主动和她打招呼。所以，石晓晴对孔教授说了一声，便匆匆向自己的汽车走去。

晚宴定在科技园，离特区大学不远不近，也可以说是又远又近。具体地说，走路有点远，开车有点近。

孔教授开着自己的捷达在前，石晓晴驾着红色宝马在后。两辆小汽车一前一后，若即若离，很暧昧的样子。石晓晴突然发现，如果单单以车取人，那么自己确实像个“深圳房地产和证券投资人”。再一想，可不是嘛，自己确实是深圳人，并且确实是“房地产和证券投资人”啊，怎么同样的话在那个场合从孔教授嘴巴里面说出来，就跟“大老板”是一个意思呢？石晓晴从来都没有把自己和“大老板”排在一起过。

车子在科苑大厦门口停下，郎教授等不及孔教授的引荐，自觉地迎上前来，给石晓晴和王莹各递上一张名片。石晓晴一看，果然是北京某某大学教授。当然，也可以说是某个领域的专家。如今知名教授基本上都是某个领域的专家。同样，看上去太年轻了一点，甚至比孔教授还显年轻，与石晓晴心目中传统的“白胡子老教授”差距更大。

“对不起，我名片用完了。”石晓晴抱歉地说。其实有点虚伪，因为她根本就不印名片，但在这种场合，她只能说名片发完了，而不能说自己从来都不印名片。

“没关系没关系。”郎教授倒善解人意，生怕石晓晴难堪。

王莹倒是不失时机地回敬自己的名片，而且是高级名片。就是摸上去有层次感，闻起来有香味的那种。可郎教授对此好像没有感觉，礼貌性地晃了一眼，微微做了点表示，然后仍然把注意力放在石晓晴身上。

科苑海鲜楼比石晓晴想象的大。外表貌不惊人，里面别有洞天，海鲜展示厅比一般的集贸市场大。石晓晴是从小在科研单位长大，她原以为深圳科技园应该和长沙矿冶研究院一样，是个治学严谨两袖清风的地方，做梦也没有想到饭堂的海鲜展示厅比社会上的集贸市场大。难道是如今海归的人数多了，所以就要海吃？并且重点吃海鲜？

几个人一起穿过海鲜展示大厅，又经过一条两边布满海鲜水箱长长的像水族馆一样的走廊，才终于到了孔教授预定的包厢。进房间一看，才知道参加晚宴的并不止他们四个人，而是一大堆人。有学院院长、书记兼副院长、主任、曹教授、汤教授、南翔教授等一大桌人。说实话，早知道如此，石晓晴就找理由推掉这顿晚餐了。可现在既然已经进来了，并且已经和院长教授们见面了，再走是不合适的，只想在这儿尽量保持低调，原打算向专家请教问题的念头只能彻底放弃。可是，孔教授偏偏把她放在很高的位置，具体地说，就是放在主讲嘉宾的旁边，搞得石晓晴好像并不是他孔教授自作主张请来的客人，而是主讲嘉宾当然也是今晚的主客郎国平教授带来的客人一样。

果然，院长教授们在向主讲嘉宾表达敬意的同时，没敢漏掉他旁边的美女。比如敬酒的时候，在敬完郎教授之后，基本上都要再敬石晓晴。更有甚者，直接敬他们俩。把石晓晴和郎教授“一体化”了。郎教授对此并不反感，倒好像非常乐意，对“一体化”的误解并未做任何解释，石晓晴也只能客气地接受，不能太假正经，更怕被人当作忸怩作态。如此，当天晚上她看上去和郎教授的关系就很暧昧，仿佛郎教授接受特区大学的邀请来深圳讲课的醉翁之意另有目的了。

照例，石晓晴收到一堆名片。

照例，石晓晴说对不起，我的名片发完了。

倒是王莹，跟在后面捡了不少便宜，接到院长教授们的名片之后，立刻回敬自己的名片，并且把脸笑成花，极力跟所有的人套近乎。还好，没失分寸。

饭菜的标准不低。每人一份鱼翅。不是那种粉丝状的鱼翅，而是成块状的鱼翅，估计每份价格都以百元计。一桌十多个人，这一道菜就下起几千了。

每人一个生蚝。一看就是深海生蚝，浅水生蚝不可能长这么大。

鲍鱼不是按份的，配苦瓜做成一砂锅，看上去非常普通，但鲍鱼的个头比苦瓜的直径大，数目也比苦瓜块多，一看就是货真价实，价格不菲。

照例，石晓晴吃得很少，很慢，一副实在吃不下去但又不得不给主人面子的样子。同时心里想，和这些“清水衙门”里面的院长教授相比，我哪里能算“房地产和证券投资人”啊，起码在吃的方面，“大老板”远远赶不上“清水衙门”。

本来石晓晴已经打算好要保持低调不提问题的，于是这顿饭将变得纯洁，纯洁到只吃不说的程度。可是，院长教授们没有放过机会，不知道是真心求教还是故意表达对来宾的尊重，推杯换盏之间见缝插针地提了几个问题，让石晓晴搭了顺风车。

汤教授说：“《货币战争》这本书我看了，真不敢相信那里面关于美联储的背景介绍是真的。如果真是那样，美联储就不是掌握在美国政府手中，而是掌握在少数个人手中了，甚至美国政府要做什么事情还要看这些个人的脸色，相当于国家的经济命脉不是掌握在国家手上，而是掌握在少数私人手上，那么，国家不是一盘散沙了?”

这个问题石晓晴不懂，也从来没有想过，说实话，这样的问题她连提都提不出来。不过，汤教授讲的道理她懂，或者说这个问题里面的逻辑关系她懂。如果一个国家的经济命脉不是掌握在国家手里，而是掌握在少数人或利益集团手里，那么国家确实可能像一盘散沙。

不用说，石晓晴对这个问题非常感兴趣。这时候她和大家一样，一起看着郎教授，看这位来自北京的著名专家怎么回答。

郎教授先习惯性地眨了眨眼睛，然后说：“对《货币战争》这本书，我是推荐大家看的。不仅推荐普通老百姓看，我还推荐当领导的人看，甚至高层领导看。但看了不必全信。作为一本畅销书，肯定有文学色彩，而文学色彩往往有夸张的成分。”

石晓晴觉得郎教授说得非常有道理，但并没有直接回答汤教授的问题。石晓晴非常想知道问题的答案，但她不好意思追问。她寄希望于汤教授，希望汤教授继续追问。她相信，只要汤教授追问，郎教授就有可能正面回答。

石晓晴看着汤教授，可汤教授并没有按照石晓晴所希望的那样继续追问，所以郎教授也就没有就这个问题做明确地回答。石晓晴这时候就有点扫兴，觉得郎教授要滑头，回答汤教授的问题表面上头头是道，句句在理，但事实上是避重就轻，并没有回答实质问题，也就是关于美国到底是不是一盘散沙的问题。

石晓晴不知道郎教授是故意卖关子，还是根本就回答不了。她真想自己问。她相信如果她追问，郎教授也会回答的，可又担心万一郎教授回答不了这个问题，她这样一追问，等于是让主讲嘉宾难堪了。石晓晴提醒自己向汤教授学习。她猜想汤教授是不想让郎教授难堪，所以才没有继续追问的。所以，她也不应该继续提问。于是，收回目光，眼睛盯在新上来的热腾腾的小牛排上，仿佛那里有她想知道的问题答案。

第十八章　男朋友和男性朋友

大约是表演太成功的缘故吧，欧阳鸿海那几天特别高兴。再从深圳带车厘子的时候，让石晓晴享受导演的待遇——单独给石晓晴一箱。石晓晴不要，觉得太贵重了，心里不踏实。她清楚，这一箱差不多值七八百块呢！七八百块就这么当零嘴吃了？太浪费了，太奢侈了！石晓晴不要。

石晓晴的不接受让欧阳鸿海很为难。欧阳鸿海说这自己不可能再带回去退掉，也不可能再拿到剧组去。如果这时候他再拿到剧组去，该怎么说？难道说对不起，我单独送给石晓晴的，可石晓晴不要，我只好再拿回来给你们大家吃？

欧阳鸿海这样一说，就把石晓晴说笑起来。

既然笑了，当然也就接受了。

可石晓晴一个人显然吃不了这么多。车厘子好吃，但不经放。上次石晓晴自己买了一斤，舍不得吃，一天吃几个，最后还剩下几个坏了。如今是一整箱，至少二十斤，即便舍得吃，吃坏肚子，最后肯定更会坏掉一堆。石晓晴舍不得让这么金贵的东西烂掉，但她也同样不能拿到剧组去，如果她拿到剧组去，就等于是告诉大家：欧阳总单独给了我一箱。这不是没事找事吗？石晓晴又想到了包诗度，想着如果包诗度在就好了。这么想着，就又陷入了无限的思念。想着这么好吃的东西，是应该与包诗度分享的，自己一个人吃，有什么意思呢？她想象着包诗度突然出现在面前，狼吞虎咽吃车厘子的样子。她后悔包诗度从来没有吃过她的东西，倒是自己经常吃包诗度花钱买的东西。她想补偿，想现在请包诗度吃车厘子。可是，包诗度走了。不知道到哪里去了。石晓晴这点小小的愿望竟然也成了不可能实现的奢望。

石晓晴给周萍送去一些，又和同宿舍的人分享一些。可是，她这样做并没有讨好，因为周萍和室友都一致认定石晓晴傍上一个大款了。

其他人无所谓，周萍的误解让石晓晴非常伤感，连解释的情绪都没有。而事实上，她和欧阳鸿海之间清清白白。除了那次演戏亲吻一下之外，再没有其他事情。并且，即便真有什么事情，也不能说石晓晴"傍大款"，因为欧阳鸿海根本就不是大款。

这是欧阳鸿海亲口对石晓晴说的。

吻戏之后，欧阳鸿海和石晓晴的关系确实前进了一步。他们好像成了朋友。除了每次欧阳鸿海在分水果的时候让石晓晴享受导演或副导演的待遇之外，他们偶然也聊聊。不，应该说他们经常聊聊。因为他们俩的戏不重，空闲的时间比较多，有时候一个下午没有他们俩的戏，所以在别人排戏的时候，他们就聊聊。

欧阳鸿海告诉石晓晴，他确实是"欧阳总"，但并不是老板，更不是大款。

石晓晴觉得很新鲜，既然“欧阳总”是真的，怎么“老板”是假的呢？“总”不就是老板吗？老板不就是“大款”吗？

欧阳鸿海笑，苦笑，说石晓晴太年轻，很多事情不懂。

石晓晴说：“我懂，我什么事情都懂。”说完，又有些不好意思，怕欧阳鸿海误解她的意思。

欧阳鸿海并没有误解，而是看看石晓晴，仍然说：“你不懂，等再长大一点就懂了。”

石晓晴说：“我懂，我现在就懂了。”

欧阳鸿海不与石晓晴争辩，只是认真地告诉石晓晴，有些总经理确实是老板，当然也就确实是大款，但也有些总经理不是老板，当然就更不是大款。

“哦？”石晓晴不明白，“如果总经理不是老板，那么谁是老板？”

“董事长。”欧阳鸿海说，“大公司叫董事局主席。我们公司董事长是我老婆，我是总经理。她是老板，我不是。我其实是为她打工的。”

“哈哈哈哈哈……”石晓晴笑了，笑得很开心，“你老婆是老板不就等于你是老板嘛。”

欧阳鸿海笑，苦笑，边摇头边苦笑。

“我说你不懂嘛。”欧阳鸿海说。

欧阳鸿海说：“其实完全不像你想象的那么回事。我们现在的夫妻关系不像你父亲母亲这样的夫妻关系。你父亲母亲经济上是一体的，不分你的我的。”

石晓晴点点头，承认是。他们家里虽然没有多少钱，但只要有钱，哪怕是一分钱，都是我们这个家的，不会分成父亲的还是母亲的。从她记事的时候起，父亲母亲的钱都是不分的。父亲去单位领工资，会把母亲的一份带回来。母亲也一样，如果去领工资，也一定会把父亲的那份带回来，并且从领出来的那时候起，就合在一起，分不清你的我的。

“但我们不一样，”欧阳鸿海说，“我们分得非常清楚。作为公司的总经理，我可以花钱，花很多很多的钱。这么说吧，只要我能拿出来发票，都能在财务报销，不会有任何问题，但我不可能有真正属于我自己的钱。”

“真正属于你自己的钱？”石晓晴又不懂了。

“大概就相当于私房钱吧。”欧阳鸿海解释。

石晓晴好像明白了一点，但没有完全弄懂。

在以后的聊天中，石晓晴又逐步知道，欧阳鸿海的老婆是老板，欧阳鸿海原本是他老婆聘请的经理，当然，也可以叫总经理。后来他们结婚了，成夫妻了，但基本身份并没有改变，要说有什么改变，就是他现在比以前穷了。

“比以前穷了？”石晓晴这下真不懂了。

“比以前穷了，”欧阳鸿海说，“因为我现在不拿工资了。”

石晓晴明白了，一家人了，当然不能再拿工资了，好比她爸爸帮她妈妈做点事情，难道还要给钱吗？

“但我可以花钱。”欧阳鸿海说。

“那也可以。”石晓晴说。

欧阳鸿海摇头，说不一样。

石晓晴问怎么不一样。

欧阳鸿海摇头，说他也不知道哪里不一样，但不一样就是不一样。

“所以我就使劲花钱。不仅在剧组这边花钱，在深圳的老乡同学和朋友圈子里也使劲花钱。”

欧阳鸿海不知道为什么要对一个年纪比他小这么多的女孩说心里话。难道为了那个“初吻”？欧阳鸿海现在已经知道石晓晴的那个吻是初吻了。当然，是石晓晴自己告诉他的。既然欧阳鸿海对石晓晴说了那么多掏心窝子的话，那么石晓晴也就对他说了许多属于自己隐私的事。包括她来上大学的钱是她妈妈一个粉丝赞助的，包括那天接吻是她的初吻，包括她后来能够进戏其实是想到了包诗度等等，她都不知不觉陆陆续续对欧阳鸿海说了。而欧阳鸿海则告诉石晓晴，他使劲花钱好像是为了解气。

“花钱是为了解气？”石晓晴更加不懂了。她现在已经承认自己在很多方面确实不懂，比如花钱是为了解气。

“解气。”欧阳鸿海说。

“你难道不爱她了吗？”石晓晴问。

“说不清楚，”欧阳鸿海说，“好像爱，也好像不爱，甚至恨她。”

“恨她为什么还和她结婚?”这下石晓晴是彻底不懂了。

欧阳鸿海摇头，说他也不知道，不过这样也有好处。

石晓晴瞪着大眼睛看着欧阳鸿海，不知道这样有什么好处。

欧阳鸿海好像开心了一点，开始罗列好处，说他现在很有安全感，不像以前给老板当经理那么担惊受怕。

石晓晴觉得奇怪，当经理多威风啊，怎么会担惊受怕。

欧阳鸿海说那是表面，其实当经理的人都担惊受怕，不知道哪一天被老板炒鱿鱼，不知道哪一件事情会得罪老板或老板娘。既要小心做事，又要时刻揣摩老板的心思，观察老板的脸色变化，几乎没有一天安稳的日子。

“不过现在好了，”欧阳鸿海说，“现在不用担心这些了。”

“那你还恨她?”石晓晴问。

欧阳鸿海想了想，说：“是的，我不该恨她。”

欧阳鸿海又说，除了安全感之外，还让他获得了许多朋友。

欧阳鸿海说，因为他使劲地花钱，所以他赢得了许多朋友。比如副导演，比如导演，比如石晓晴。

“我?”石晓晴可没这么想过。

“是啊，”欧阳鸿海说，“我们现在不是朋友吗?”

石晓晴想了想，还真是，除了周萍外，眼前这个大哥哥还真应该算是自己的朋友。不是朋友，他能每次单独给我一份水果吗?不是朋友，他能对我说这么多吗?不是朋友，我能对他说那么多吗?

石晓晴忽然发现，朋友是在不知不觉中产生的，比如眼前这个欧阳总经理。

石晓晴进一步想，爱情也可以在不知不觉中产生，比如她对那个现在不知道在哪里的包诗度。这个世界上，我们自己能掌控的东西其实那么少啊。包括友谊和爱情，其实都是自己不能掌控的呀。

第十九章　美国的国会是受犹太人控制的？

科苑海鲜城的小牛排做得比较嫩，但石晓晴不希望自己龇牙咧嘴，所以，仍然耐心地使用刀叉，把它锯成一块块小长条，再非常有章法且优雅地把它们送入口中。

口感不错。但石晓晴多少有些失望，因为她今天来这里主要不是吃的，而是想听的。比如听一听刚才汤教授问的关于美国到底是不是一盘散沙的问题。但郎教授顾左右而言他，并没有正面回答这个问题，而汤教授又并没有继续问。可天无绝人之路，正当石晓晴打算忘掉这个小烦恼的时候，孔教授替郎教授回答了。不知道他是看出石晓晴的失望，还是有意替郎教授解围，甚至干脆就是自我显摆。

孔教授说："这不奇怪。从表面上看美国确实是一盘散沙。五十个州各州有各州的法律，理论上说，各州都有随时退出联邦政府的权利，但到目前为止，并没有哪个州退出去，而且美国联邦政府好像也从来没有特意强调过国家的统一和反对独立。"

"是啊，"南翔教授接着说，"而且美国各州时间也没统一，各州都使用自己对应时区的时间。”

这个话题同样新鲜，石晓晴的倾听欲望再次被调动起来，马上把注意力投在南翔教授的脸上。

这时候，郎教授的意识好像突然被唤醒了，他突然意识到自己刚才并没有回答完汤教授的问题是个错误，现在必须立刻纠正。于是，郎教授几乎没有等南翔教授说完，仅仅是刚一停顿，他立刻就接过来，说：“维持美国统一的主要靠文化，而不是靠行政。再说美联储掌握在私人手里也不奇怪，美国的国会不也是控制在少数人手里的吗？”

郎教授不愧是北京来的著名专家，魄力就是不一般，既然已经认识到刚才回答得不全面，现在就敢当场更正，不但彻底回答清楚汤教授的问题，而且还要在此基础上提出更尖锐的观点，从根本上扭转自己在众人和石晓晴面前的形象，重新确立并巩固自己作为今晚话语中心的地位。

果然，石晓晴的注意力重新被郎教授俘获了，她感到一震，思考立刻就转移到郎教授的话题上。心想，美国不是世界上最典型的民主国家吗？美国的社会制度不是被标榜成世界上最科学合理最完善的制度吗？怎么，连美国的国会都是受私人控制的？这也太耸人听闻了吧？

“你们知道美国为什么要支持以色列吗？”郎教授问。他仿佛已经猜到石晓晴心中的疑虑了，这时候故意这么问。

大家你看看我，我看看你，然后又一起看着郎教授，没有人能回答这个问题。

不错，美国确实是一直支持以色列，这点不要说在座的各位院长教授们知道，就是石晓晴也知道。石晓晴的父亲石学礼喜欢看新闻，无论工作多忙，每天晚上的《新闻联播》是雷打不动的，因此，从石晓晴能听懂中国话的第一天起，就知道在世界的某个地方，以色列人和阿拉伯人在打仗，稍微长大一点之后，更知道那个地方叫中东，还知道中东盛产石油，而石油被誉为黑色的金子，很值钱，所以，那里的阿拉伯人就很有钱，但那么多有钱的阿拉伯人却打不过一个小小的以色列。再后来，石晓晴更进一步知道以色列之所以能战胜那么多有钱的阿拉伯人，一个重要原因是得到美国的大力支持。美国是什么？美国是世界上最发达的国家啊，美国是世界警察啊。好比两个人打架，或两帮人打架，警察不出来维护治安，而是偏袒某一方，那么不用说，被偏袒的一方肯定占优势。可是，美国作为世界警察，为什么不主持公道，而要偏袒以色列呢？这个问题石晓晴确实没有想过，并且就是现在郎教授提问了，石晓晴认真想了，也仍然没有想明白。

既然想不明白，那就只能听郎教授说，石晓晴相信郎教授作为北京来的专家，既然能提出这个问题，就一定自己有答案。总不能问完之后，说：你们不知道吧？我告诉你们，我也不知道。

果然，郎教授没有辜负石晓晴的殷切希望，接着说："其实按照我的理解，正好相反，美国人应该站在阿拉伯人这边，支持阿拉伯世界啊。为什么？因为第一，阿拉伯世界有好几十个国家，在联合国有好几十票呢，支持阿拉伯世界就等于争取了好几十票，相当于争取群众基础啊。第二，阿拉伯人有石油啊，石油是什么？是能源啊，在世界能源日益紧张的今天，谁掌握了石油就等于掌握了世界的未来，这个道理美国人不懂吗？所以，按照我的理解，我觉得美国应该支持阿拉伯国家才对呀。”

石晓晴承认郎教授分析得对，很有道理。但是说了半天，并没有回答自己的问题，反而把刚才的问题进一步深化了。

石晓晴发觉郎教授有些卖关子。

大家想法不知道是不是和石晓晴一样，他们同样没有回答郎教授的问题，而是更加集中地一起看着他，等待着他的自问自答。

郎教授的关子卖够了，再不给出正确答案就显得傲慢了，这时候，他终于道出了谜底。

郎教授说：“因为美国的国会是受犹太人控制的，而以色列就是犹太人啊。”

按照郎教授的说法，犹太人虽然只占美国总人口的2.3%，但却操纵着美国70%以上的财富。在金融界，曾经辉煌多年的美联储前主席格林斯潘、挑起亚洲金融危机的“金融大鳄”索罗斯、被封为美国“股神”的巴菲特等等，几乎所有有头有脸的美国金融界实权人物都是犹太人。

犹太人有钱，石晓晴好像知道一点，因为犹太人没有祖国，没有地盘，逼着他们只能挣钱，如果不会挣钱，犹太人不早就灭绝了？但石晓晴并不知道犹太人控制美国国会。难懂真的是有钱能使鬼推磨？

郎教授接着说，人有钱了，必然由经济领域向政治领域渗透。

这话石晓晴也信，那样的例子并不少。

郎教授的话还没有说完，他在继续说。

郎教授说，曾出任尼克松和福特两任总统的国务卿的基辛格就是犹太裔人，曾任美国联邦最高法院法官达二十三年之久的布兰代斯是犹太人，美国历史上第一位女国务卿奥尔布赖特也是犹太人。克林顿时期的内阁有六人是犹太人，除奥尔布赖特外，国防部长科恩、财政部长鲁宾等人也是。就是现在，美国国会有三十七名犹太议员，这个比例比美国的犹太人2.3%高出多少倍？

同样，没有人回答郎教授的数学问题，但石晓晴已经有点相信郎教授的话了，相信犹太人除了热衷于赚钱之外，还热衷于参与政治。再一想，这很自然，无论是赚钱还是热衷于政治，目标一致，就是为自己获取更大的生存空间和话语权。

“除了直接登上政治舞台，还有很多幕后运作。”郎教授说。

郎教授说美国有二百多个犹太组织，“美国犹太人公共事务委员会”是最强大的“院外集团”，时刻关注美国决策并产生重要影响。为了在政治博弈中获利，他们还非常热衷于搞政治捐款，用经济影响政治。除了在国内问题上施加影响，更为犹太人费尽周折建立的以色列提供强有力支持。美国民主、共和两党虽然是政治上的竞争对手，在许多问题上意见相左，但是在是否亲以色列方面，只是程度和手法有所不同，其亲以色列的性质始终如一。因此，美国常常冒天下之大不韪，公然置国际舆论和世界公理不顾，完全站在以色列一边，在安理会否决一切对以色列不利的联合国决议。

郎教授最后说，这些都是美国国会其实是受控于犹太人的结果啊。

石晓晴本来是不打算提任何问题或表达任何看法的，可听到这里，恍然大悟，忍不住说："原来如此。经济是可以左右政治的啊。"

"对，"郎教授仿佛一直在等待石晓晴的声音，所以，这时候石晓晴感慨一出，郎教授马上给予充分的肯定，"什么叫资本主义社会？就是资本决定一切的社会啊。"

石晓晴当场感觉胜读十年书。

这顿饭没有白吃。石晓晴想。

第二十章　信　任

《职场旋涡中的女性》已经进入尾声，石晓晴和欧阳鸿海的戏更加少了。但他们仍然每次都去。对石晓晴来说，排戏是有学分的，只要参加了剧组，不管有戏没戏，只要剧组有活动，她就必须去。仿佛这是义务，也是权利。对欧阳鸿海来说，参加剧组活动好像已经成为他生活的一部分，并且是重要的部分。导演已经承诺，下一个戏还请他参加，并且让他担任分量更重的角色。欧阳鸿海说好，谢谢，然后半认真半开玩笑地说，下次最好还让我和石晓晴演对手戏。导演和副导演异口同声地说“没问题，没问题”，然后一起哈哈大笑。

欧阳鸿海忽然发现，他坚持来剧组另一个重要的原因是为了石晓晴。为了石晓晴什么呢？他不知道。但他喜欢和石晓晴聊天，而且聊得很深，几乎什么都聊，一点提防都没有。而在深圳，在公司，甚至是在家里，他哪能一点提防都没有呢？或许，他坚持来剧组的另一个原因就是为了这份轻松？

轻松是人的一种需要。对欧阳鸿海来说尤其如此。

有时候欧阳鸿海觉得很奇怪，自己为什么这么信任石晓晴呢？难道是石晓晴这个人特别可靠？石晓晴显然不属于特别可靠的那种人。石晓晴涉世未深，好多事情不懂，连很多总经理不是老板这么简单的事情都不懂，哪里有什么可靠。或许，正因为她什么都不懂，所以才最不值得提防？当然，地缘差距和行业的不搭界也是欧阳鸿海不设防的原因之一。

不设防是互相的。既然欧阳鸿海对石晓晴一点都不设防，那么，石晓晴对欧阳鸿海也不设防。两个人聊天多了，不仅什么事情都可以说，而且什么想法也可以说。石晓晴就对欧阳鸿海说了自己想挣钱的想法。说如果她有钱，那么她就不需要邓爸爸的赞助了。她总觉得接受邓爸爸的赞助是对父亲的侮辱。所以，如果有钱，石晓晴不仅不要邓爸爸的赞助，而且还要把以前的钱全部还给邓爸爸。欧阳鸿海说对，有志气，人要有自尊，就不能接受别人的施舍。石晓晴又说，如果她有钱，有足够的钱，那么她一定到江西去，找到包诗度，为包诗度的父亲支付足够的医药费，让包诗度重新回到学校，完成学业。欧阳鸿海愣了一下，说应该，应该，并夸奖石晓晴是个重情义的女孩。还说人一定要重情义，否则不可交。欧阳鸿海说他最看重重情义的朋友。

欧阳鸿海说石晓晴重情义，这话不错，但事实上，他自己才是一个重情义的人，至少表面上是这样。在深圳朋友圈子里，大家都认为他是最重情义的。每次朋友聚会他都诚心诚意地抢着买单，除了花钱为了“解气”之外，重情义不能不说是个重要的原因。按照欧阳鸿海自己的话说，他能娶现在的老婆，并且到现在还没有离婚，仍然相安无事地过着，主要原因是他重情义。

石晓晴对欧阳鸿海的这番话不是很理解，但她没有问，怕欧阳鸿海又说她什么都不懂。

这一天剧组并没有戏，可欧阳鸿海还是匆匆忙忙从深圳赶来，找到石晓晴。

这次欧阳鸿海没有带来水果，而是带来一句话。

欧阳鸿海告诉石晓晴，有一个挣钱的机会，挣大钱的机会。

石晓晴问什么机会。

欧阳鸿海朝左右看看，然后又把石晓晴拉到一边，一定要石晓晴保证绝对不跟第二个人说，然后才能告诉她。

石晓晴想都没想就使劲点头，说保证保证，我保证不对任何人说。

欧阳鸿海说不行，你保证得太随便了。

石晓晴说不随便，你这么远从深圳专门赶过来，肯定是非常重要的事情，我绝对不会当儿戏的。

“走，上车。”欧阳鸿海说。

石晓晴跟欧阳鸿海上车，欧阳鸿海把汽车开出学校，又往前开出一截，开到一个前不着村后不着店的地方，把车停下，非常认真地告诉石晓晴，内地居民可以买香港的 B 股了，因此 B 股的价格很快就要飞涨。

石晓晴茫然，不懂。

欧阳鸿海做了一个无可奈何的动作，然后给她慢慢解释。说中国的股票分 A 股和 B 股。A 股在上海和深圳两个证券交易所上市流通，B 股在香港的交易所上市流通。由于内地人多，香港人少，所以，同样一只股票，比如深圳万科，万科 A 的价格比万科 B 贵很多，或者反过来说，B 股比 A 股便宜很多。这是非常不合理的。同一只股票应该同一个价格。这叫同股同价，好比同工同酬一样。

石晓晴似乎明白了一点，但显然没有彻底明白。不过，同一只股票同一个价格的道理她听懂了，并且认为这话对，所以，这时候石晓晴就点了点头。

“你想，”欧阳鸿海激动地说，“如果这时候允许内地居民购买香港 B 股，那么是不是马上就要实现价值回归，B 股的价格赶上 A 股？或者换句话说，现在买上 B 股，用不了多久价格不是翻几番？”

听上去像是这么回事。石晓晴接近明白了。

“那你现在就赶快去香港买 B 股啊。”石晓晴说。

欧阳鸿海脸上黯淡了，苦笑了一下，摇摇头，说他没有钱，自从和老婆结婚之后，就不拿工资了，一切实报实销。

“那你可以让你老婆买啊。”石晓晴说。

欧阳鸿海看着石晓晴，无话可说。如果要说，那么他就会反问石晓晴：我让她买对我有什么好处？反正她赚的钱再多也与我无关，我有时候甚至希望她的企业倒闭。

当然欧阳鸿海没有对石晓晴这样说，而是说：“如果我告诉她，她首先是不相信，我必须反复向她解释，接受她的审问，搞得好像我要骗她钱一样。我何苦呢？其次，一旦她真相信了，就很难保密，肯定要透露给她家里人甚至是生意上的客户，如果那样，我就等于出卖朋友了。”

石晓晴听了很感动，有一种被别人高度信任的感动。

“那你为什么告诉我？”石晓晴问。问完就后悔，觉得自己这样问太不礼貌了，甚至辜负朋友的信任和好意了。但说出去的话收不回来，后悔已经来不及了。

欧阳鸿海并没有生气，相反，还蛮开心，开心地笑起来。

“我相信你。”欧阳鸿海说，“相信你绝对不会对第二个人说这个消息。”

石晓晴点头，点得很坚决，表示自己绝对保密。

“你信任我，”欧阳鸿海说，“你丝毫没有怀疑我消息的真假。”

石晓晴继续点头，表示她确实相信欧阳鸿海的消息可靠，没有任何怀疑，更不会想到鸥阳鸿海要骗她的钱。

“另外，”欧阳鸿海说，“我知道你需要钱。现在我正好能顺便帮你，干吗不帮你？”

欧阳鸿海进一步告诉石晓晴，告诉他消息的是北京的一个同学。同学每次来深圳都是他接待，还陪他去香港玩过，帮他的亲戚在深圳找过工作。同学欠他人情，一直找不到机会还，所以这次就悄悄告诉了他这个绝密消息。但同学并不知道他和老婆之间的关系，不知道这个消息其实对他没用。所以他就想让这个消息在石晓晴这里发挥作用。

“我该怎么做？”石晓晴问。

“赶快筹钱，买B股。”欧阳鸿海说。

欧阳鸿海还说，只要有钱，开户和外汇转换以及B股买卖的事情他帮石晓晴搞掂。

说完，怕石晓晴误解，又强调说，他带着石晓晴一起去办这些事情，账户用石晓晴自己的名字，密码也由石晓晴自己设立，他不需要知道。

石晓晴说这些无所谓，关键是钱。

“多少钱？”石晓晴问。

欧阳鸿海说越多越好。

石晓晴问大概是多少。

欧阳鸿海说至少十万吧，最好一百万。

石晓晴把脑袋向后缩了缩，又使劲摇了摇。

“没有？”欧阳鸿海问。

“没有。”石晓晴说，“绝对没有。不要说十万了，一万都没有。”

“我知道你没有，”欧阳鸿海说，“你自己当然没有。”

“我不是说我自己，”石晓晴说，“我自己连一千都没有。我是说我们家，我们家连一万都没有，我上学的钱都是我邓爸爸资助的。”

“对呀，我就是说你邓爸爸呀。我昨天为你想了一天，想到最后，最好的办法就是你向你邓爸爸借。”欧阳鸿海说。

“向邓爸爸借钱？”石晓晴问。

“是啊，不向你邓爸爸借你向谁借？”

“不行。”石晓晴说，“我还想把以前的钱还他呢，哪能再向他借钱。”

“最后一次。”欧阳鸿海说，“这个我也想了。这是最后一次。这次你向他借了，马上就能赚很多钱，不仅立刻就可以还他，而且还能把以前借的钱全部还了。”

当天晚上，石晓晴失眠，几乎想了整整一夜，最后脑袋都想疼了，终于想明白了。她决定向邓光辉借钱。不是借十万，而是借五十万。机会难得，不做则已，要做就狠做一把。她不打算通过父母找邓光辉，而是自己直接找邓爸爸，并且要邓爸爸对她父母保密。她不打算对邓爸爸讲实话，但也不想对邓爸爸说假话。她打算说真真假假的话。石晓晴对邓光辉说她借钱的目的是买股票，但没有说是买 B 股，而是说买原始股。这样便于邓爸爸理解，又能起到保密作用。

想好了，她准备第二天直接给邓爸爸打电话。

可是，邓光辉能把这么一大笔钱借给她一个小孩子吗?

第二十一章　减额交清和美国的代价

深圳人不劝酒，所以那天郎教授虽然说了许多话，但并没有喝多少酒。

石晓晴不喝酒。理由不是不能喝，而是要开车。在某些场合，她这个理由并不能成立，因为在她这样说了之后，立刻就有人接上话，说不能开车没关系，把车存在这里，打的回去，明天再来取。这样的人还不算最气人的，最气人的是少数位高权重的人物。他们财大气粗，所以说话就粗声大气，不需要考虑别人的感受。说不能开车没关系，哥哥我帮你开，我的司机开我的专座跟在后面，等把妹妹你送回家了，我的司机再把我接走。既强人所难，又炫耀了自己是有专职司机的人。这时候，往往立刻就有人拍马屁，帮腔说一些更露骨的话，比如说送到哪里呀，送到之后还做什么呀等等。石晓晴对此当然反感，从心里看不起这种人，但也并不生气。在生意场上，谁还能经不起几句难听话。怕就怕难听话听了，甚至难看的事情也做了，最后这些所谓的位高权重者并没有兑现自己的承诺，没有给石晓晴帮上任何忙。真要遇到这种情况，石晓晴也只能自认倒霉，还能把人家怎么样？在很多场合，所谓的承诺并不是白纸黑字，而是一种约定成俗和心照不宣，所以，对方如果不兑现，你也只能接受教训，自认倒霉。当然，代价也是有的，就是赖账的一方丧失信誉，下次人家便不再给他机会。这样的人不是没有，而是很多，并且他们并不一定是小人物，而很有可能是真正的大人物。比如新任法国总统萨科齐，趁中美产生贸易摩擦之际，跑到中国来讨好卖乖，受到最高规格的礼遇，带着几百亿美元的订单高高兴兴地回去了，可是，回到巴黎之后，照样会见达赖，中国虽然生气，但也不可能把订单要回来，不过，他也要为自己不负责任的行为付代价。不出几个月，金融海啸爆发，欧洲各国纷纷和中国拉关系，寄希望中国庞大的消费市场和近两万亿美元储备能在他们抗击金融海啸时发挥作用，中国总理应邀访问欧洲，所到之处受到热烈欢迎，可中国总理做的是“环法访问”，也就是围绕着法国访问，偏偏不去法国，搞得法国工商界大骂萨科齐不懂政治，因个人的喜怒无常损害了国家利益，民调大幅下降。这就是代价，是丧失信誉之后需要支付的代价。石晓晴认为任何人丧失信誉迟早都要付出代价，而且是更大的代价。所以，石晓晴每次遇到这样的人，都不生气，因为她相信对方早晚要为自己的失信支付代价。

幸好，今天没有碰到这样的情况。今天在座的是教授。即便院长或主任，也都是教授。如今不是教授就当不了大学的院长或主任。而只要是教授，哪怕骨子里猥琐，表面上还是很文明的。比如现在，他们就没有强行给石晓晴灌酒，所以石晓晴也就基本上没有喝酒。倒是王莹，为了和各位拉关系，主动向别人敬酒，自愿喝了不少。

王莹不愧是金牌保险代理，素质不错，具体表现就是做事情有分寸。比如她向院长教授们敬酒，不是站起来非常张扬地面对面敬，而是悄悄地离开自己的座位，静静地走到对方的身边，从侧面小声地向对方敬酒。这样，既不张扬，又显得特别尊重对方，必然给对方留下深刻印象。

王莹这样低调敬酒的目的是怕引起石晓晴的不愉快。她能摆正自己的位置，知道今天特区大学请的是郎教授，她和石晓晴都是陪衬。而在陪衬当中，她又是石晓晴的陪衬，可以说是“陪衬的陪衬”。所以，她不能太风光，更不能喧宾夺主。即便敬酒，也必须悄悄地低调进行，否则，就可能引起石晓晴的不愉快。而石晓晴是她的客户啊，并且还能给她带来新客户的客户。这种客户好比是一根藤，而藤上连着许多瓜，为了这些瓜，王莹也不能得罪藤。所以，为了不得罪石晓晴，又要充分利用机会接触“瓜”，王莹不得不小心谨慎地和教授们拉关系。

石晓晴没有喝酒，清醒着呢，对王莹的一切看在眼里，不动声色。听了郎教授等人的一番高谈阔论，石晓晴受益匪浅，同时，更加坚定了自己的想法，换保险公司，并且已经想好了向王莹摊牌的方式。

又到周末，石晓晴早早地给孔教授和王莹分别打了电话，约着一起吃个饭。

对孔教授，石晓晴没有说她也约了王莹，只说自己上次听了郎教授的报告很有收获，谢谢孔教授，又说报告之后的晚餐更有收获，一下子明白了许多道理，但仍然有几个具体问题没弄清楚，想当面请教，望孔教授于百忙之中赏光。孔教授自然是受宠若惊，但谦虚客气一番是少不了的，说见面聊聊可以，请教谈不上，大家交流一下甚好。还说石小姐请客可以，买单不可以，单还是要他来买。石晓晴说谁买单都无所谓，关键是想和孔教授聚一聚，当面讨教几个问题。孔教授听了更是喜不自禁，恨不能建议立刻见面，不用等到周末了。幸好教授毕竟是教授，心里虽然急吼吼的，表面上倒也沉着冷静，说完客气话和恭维话之后，耐心等待周末的来临。

对王莹简单。明明王莹是周末聚会真正的主角，如果不是因为她，石晓晴大可不必约孔教授了，但是，石晓晴对王莹完全不会这么说。石晓晴在给王莹的电话里说孔教授他们周末又要搞聚会，约了她，所以她问王莹周末是不是很忙，如果不忙，可以一起去。王莹也不是吃素的，听石晓晴这样说，当然想去，而且想得不得了，生怕错过，但她也没有把真实的心情表达出来，说本来是没有空的，因为他们公司周末有讲座，她还是讲师之一，所以，是否能参加石晓晴和孔教授的聚会现在还不能确定，她得和同事商量一下，如果有人能替代她讲课，她就去。石晓晴知道王莹的鬼把戏，但不戳穿，说没关系，你还是去讲课吧。王莹立刻说不不不，上次听教授们一番话很有收获，忽然发觉自己眼下还没到出卖知识的火候，还是先吸收知识吧。她还是要参加石晓晴这边的聚会，汲取知识。至于讲课的事情，反正每个礼拜都有，她完全可以把机会让给同事。石晓晴想笑，但忍住了，说好，那就说定了。王莹说好，说定了。

等到周末见面的时候，孔教授见石晓晴带了王莹，多少有些失望，但也能够理解，想石晓晴第一次主动约他，作为女孩子，带一个女伴很自然，等到下一次，或许就是单独一人了。所以，尽管与当初想象的不完全一样，但王莹的到来并没有影响教授的情绪。孔教授仍然热情高涨，并且还非常有教养地把热情分散到两位女士身上，而不是集中给石晓晴一个人，冷落另一个人。

教授知道，女人是不能得罪的。

至于王莹，她当然也没有想到对方只是孔教授一个人，她以为还是像上次那样，院长主任汤教授曹教授南翔教授等一大群人。说实话，早知道如此，她就真的不来了，真的去讲课了。

王莹对石晓晴说她周末要讲课是真的。保险公司最大特点是不断地淘汰不断地进人，所以，培训工作天天进行，因此，作为金牌保险顾问，给新员工讲课也是经常有的。王莹喜欢给新员工讲课。给新员工讲课能在新员工中获得威信。这不是主要的，主要是王莹认为任何人都有自己的资源，包括新员工。王莹热衷于在新员工中树立威信搞好关系，一个重要的考虑就是能把他们的资源变成自己的资源，当然，不是全部，也不可能是全部，但只要有一部分，哪怕是很小的一部分，对王莹来说也是十分重要的。比如某个新员工干了一段时间就走了，但由于对王莹比较信任，以前开展业务的时候也得到王莹的鼓励与支持，所以，走的时候，他的客户或潜在客户自然就留给了王莹，就成了王莹自己的客户和潜在客户。如此，王莹的资源才可以源源不断，就能维持自己的金牌地位。不过，既然已经来了，只能既来之则安之。毕竟，石晓晴是自己的客户，孔教授是自己的潜在客户，和他们交往也是工作的需要。况且，自己能从他们身上学到很多东西，这些东西对自己是十分有用的。比如给新员工讲课，不能老是抱着培训教材，如果能在培训教材之外，讲一些诸如次贷危机和金融海啸这样的新东西，既能在同事和领导面前展示自己的知识面，又能提起新员工的听课兴趣，也是非常有意义的。

三个人坐下之后，石晓晴让教授点菜。教授先声明这单必须由他买，然后开始点价格不菲的菜。石晓晴开玩笑似的抢回菜谱，说即便是你买单，也不需要太铺张，遂重新点菜，选了几个价格适中的。教授觉得在两位女士面前不能太小气，于是要了一瓶外国葡萄酒。石晓晴赶快制止，说大可不必，理由是她做过这种酒的代理，知道这里面的利润空间，太不合算了，还是喝我们中国自己的长城干红吧。

王莹也帮着石晓晴说话，给了教授足够的台阶，教授顺坡下驴，摆出无可奈何的样子，最终以爱国为由，作罢。

今天石晓晴倒是喝了酒。今天是她张罗的，她不喝没道理。

一瓶长城干红喝到三分之一处，石晓晴把话题引向主题，问孔教授："郎教授说的那个阴谋论是真的？"

孔教授对石晓晴很尊重，把已经举起的筷子放回到桌面上，说："郎教授很有水平，思维敏锐。不仅知识丰富，而且能把自己的思考生动地说出来。"

石晓晴和王莹一起点头，表示认同。

孔教授又说，并不是所有的教授都能说的，能生动地说出自己的观点并让学生能听得懂也是一种水平。

两位女士再次点头，表示确实是。

孔教授最后说，能说的教授具有表演才能，所以说出的话往往带有一定的夸张成分。

石晓晴和王莹这次没有点头，不知道是忘记点头还是不完全同意孔教授的观点。

石晓晴没有为难教授，她把话题岔开，问："假如真是这样，那么美国是不是要为此付出代价呢？"

孔教授一愣，他显然没有想到石晓晴会问这个问题，所以没有想好该怎样回答。

王莹今天也比上次放得开，大约是人少并且都是熟人的缘故吧，所以她没有必要离开自己的座位悄悄地去与别人拉关系，而是把自己当成了聚会的正式成员，敢于发表自己的观点。这时候听石晓晴这样说，马上就接上去补充，说是啊，天下没有免费的午餐，在这次金融海啸中，如果确实有其他国家替美国买单，那么，美国就必然要为此付出代价，不可能白占便宜。

石晓晴对王莹的补充非常赞同，她甚至对王莹有些刮目相看，并且这么想着，就真对王莹看了一眼，还点点头。给教授的感觉是两个女人商量好的，一起来向他挑战。

孔教授说："不管郎教授的说法是不是准确，但有一点是肯定的，就是这次波及全世界的金融危机确实是由美国人超前消费引起的，而为整个美国超前消费买单的绝不是美国一家。”

“比如中国，”孔教授说，“中国遭受的损失远远不止郎教授提到的雷曼证券，中国有那么多的美元储备，而现在美元贬值了，我们辛辛苦苦积攒的财富缩水了，这就等于变相替美国买单了。”

这个石晓晴倒没有想到，现在听教授一说，还真是这么回事。

“还有美国国债，”教授继续说，“中国的外汇储备并不是全部以现金的方式存在那里的，而是买了许多美国的债券，其中就有雷曼债券，现在不是一文不值就是大量缩水，这不已经在替美国买单了吗?”

石晓晴不禁点头，她几乎已经忘记今天约教授和王莹来这里的真正目的了。

“那么他们失去什么呢?”王莹问。她肯定也完全投入了，没想到正好撞进石晓晴设计好的思路里。当然，也许石晓晴也太投入了，根本忘记了事先设计的思路，但毕竟设计过，或者说是在心里反复思考过，印象深刻，所以，这时候不用再思考，听王莹这样一问，还没有等教授回答，石晓晴几乎下意识地就立刻回答：“信誉。美国将以自己在全世界面前失去信誉作为代价。”

这下轮到教授刮目相看了。他忽然发现，越是面对大问题，比如诸如世界经济的大发展或人类的起源及宇宙的诞生这样的大问题，普通人和教授之间越是层面接近。为什么呢？因为这些大命题是没有标准答案的。既然没有标准答案，那么就意味着谁的观点都可能对，谁的观点也都可能错，因此，专家和百姓就基本上是在同一水准了。比如他们现在说的美国需要向世界支付的代价，孔教授所能想到的也只有美国的信誉了，此外再也想不出别的，所以，他的答案和石晓晴不仅接近，而且完全一致。

在石晓晴脱口说出来之前，孔教授也是这样想的，但他并没有像石晓晴那样早就设计过，或者说是专门思考过这个问题，所以教授虽然这样想了，但并不是非常肯定，下意识里觉得答案不该这么简单，因此，他还需要进一步思考，还没有来得及说，现在经石晓晴脱口一说，证实了自己的想法，教授忍不住点头称是，并且对石晓晴投来赞许的目光。

石晓晴和教授的目光碰撞了一下，马上就把目光转向王莹，仿佛突然之间把王莹和教授同等对待了，对着王莹说："你说呢?"

按照正常的思维，这时候王莹也应该和教授一样，点头说是。可是，王莹既没有点头，也没有说是，而是保持一副很认真思考的样子。这样认真思考了一会儿之后，轻轻地摇摇头，轻声地说："可信誉毕竟很虚呀，而且时间一长，人们就会淡忘的，美国其实是用纸钞偿还我们的硬钞啊。"

妙！石晓晴心里不禁赞叹，"用纸钞偿还我们硬钞"，王莹的这个观点好!

孔教授也不禁一怔，感觉这王莹确实是做金融的，观点确实新颖，比喻恰当，自己今后可以在课堂上或报告中引用这个观点了。

王莹感受到了二位的赞许，不免有些得意，但是，王莹没想到，石晓晴的一句话，一下子把她从巅峰拉回到谷底。

“还是要给它来点硬的。”石晓晴说。

教授和王莹都没有说话，好像并不是很理解石晓晴这话是什么意思。

“比如王莹，”石晓晴说，“这么有才华，干吗要帮美国公司做？完全可以到中国的公司做嘛。”

教授微微一笑，仿佛是含蓄地批评石晓晴太冲动。

王莹则没有笑，她忽然听出一点名堂来了，因为类似的话石晓晴以前也说过，甚至还说到她想从美国国邦公司退保的意思，这可是踹王莹的饭碗啊。

果然，石晓晴没等他们二位做出反应，就很快亮出了自己的底牌。

“王莹，”石晓晴诚恳而认真地对王莹说，“我不是针对你，但我确实想从国邦退保。如果你换公司，我的保险还请你代理，如果你继续留在国邦，我就没有办法了。”

教授醒悟过来，感觉本来轻松愉快的话题突然变得沉重难堪了。他想和稀泥，却又找不出合适的词语。

“哈哈哈……”教授先是一阵大笑，然后才说：“好！没想到石小姐还这么爱国呢。不过，你一个人退保并不能让美国支付足够的代价。”

“是，”石晓晴说，“我知道。但如果所有的人都这么做呢，美国就能支付足够的代价。并且让他们知道，做任何事情都是要负责任的，不能胡作非为。”

石晓晴还引用了一个典故，说在一个海滩上，海浪把很多小鱼打上岸，一个小姑娘把一条一条小鱼捡起来，重新丢进大海。旁边有人劝不要这么做，说海滩这么大，有那么多的小鱼被冲到岸上，你一个人扔这几条有什么意义呢？小女孩回答：我不管有多少小鱼会死在岸上，但我知道，我扔一条就挽救了一条生命。石晓晴说，她现在就是那个在海边扔鱼的小姑娘。

“这个……这个……不要这么急吧。”孔教授咕哝着。

“不急，”石晓晴非常坚决地说，“我想了很长时间了。”

王莹反而比教授冷静。说实话，她不是第一次碰到这样的事。自从美国爆发次贷危机以来，她在拓展业务的时候，再也不能上来就理直气壮地说“我是美国国邦保险……”了。对石晓晴今天的做法，她也早有思想准备，既然肯定无法挽回，不如接受现实，争取把损失减少到最少。所谓最少，不单是指业务上，而且还指人际关系上，就是不要得罪客户，大家继续做朋友。因此，这时候王莹表现得很镇静。

“没问题。”王莹说。

王莹这样一说，立刻就让教授和石晓晴都安静下来。

对于教授，就目前来说，他是把石晓晴和王莹都当成朋友的，并且认为石晓晴和王莹是绝对的铁杆朋友，而且他也知道石晓晴是王莹的客户，至少，他不希望两个女人当着他的面翻脸，所以，在石晓晴正是提出退保话题之后，教授几乎是本能地想在中间和稀泥，但石晓晴不买账，态度坚决，搞得教授几乎下不来台，现在王莹主动说没问题，相当于给教授解套了，悬着的心立刻就找到了着落点。

倒是石晓晴感到有些意外，她没想到王莹这么好说话。这时候，她倒有些不好意思起来，不得不再次声明她这样做不是针对王莹的，并且再次“贴心”地劝王莹换一家保险公司。

王莹笑笑，仿佛是接受了石晓晴的好意，然后又非常诚恳地承认，这个问题她不是没有想过，只是眼下实在做不到。保险业务不像进出口贸易，跳槽之后可以把客户关系带走，而且一旦她跳槽，对她的客户也是一种不负责任的行为。

“要是所有的客户都能像你这样深明大义就好了。”王莹说。

明明是笑着说的，但在石晓晴听起来多少有些言不由衷甚至是讽刺她的味道。不过，她并不计较。既然要退保，就应当允许代理人说一点牢骚话。况且，王莹已经够客气的了。这时候能发泄一点不满，说明她已经接受退保的事实。现在，在这个问题上，石晓晴要的是结果，而不是态度。

“我可以帮你减额交清。”王莹进一步说。

“减额交清?”石晓晴问。

“减额交清。”王莹说。

对石晓晴来说，这是一个新名词，她不懂。

王莹向她解释，说如果退保，石晓晴要承担一定的违约责任。

石晓晴点点头，表示知道，同时表示认了。

王莹继续说，你买的是总额一百万的“美满人生”保险，目前只交了二十万，还有几十万在以后的几年分别交，如果你退保，赔偿损失不是按二十万的保额，而是按照一百万保额承担违约责任。

石晓晴没有点头，而是在思考，思考的结果是王莹说得对，合同上确实是这么写的，而且这么写有道理。既然合同总额是一百万，那么违约责任当然是按一百万计算。

“这样真正能退到你手上的就几乎没有了。”王莹说。

石晓晴一想，确实，总共一百万的保额，如果违约责任是承担百分之二十，那不等于一分钱没有了？既然一分钱没有了，还退什么保？

“那怎么办？”石晓晴问，几乎是本能地发问。

“所以我说我帮你办理减额交清。”王莹说。

这是王莹第三次说到“减额交清”。

王莹知道石晓晴不懂，所以这时候向石晓晴解释。所谓减额交清，就是把你本来一百万的保额减少到二十万，这样，你就等于全部提前交清了，以后不但不需要再补交，并且从下个月开始就享受保险收益。

有这样的好事？不仅石晓晴吃惊，连孔教授都听出了名堂，认为这是一个最好的解决办法。既为石晓晴挽回了损失，又不会让王莹产生不良记录。

“好！”孔教授说，“减额交清好。让我们为减额交清干杯！”

“干杯！”王莹立刻接上举杯。

“干杯！”石晓晴找不出任何理由不举杯。

第二十二章　用一生的信誉作抵押

因为文学大师沈从文的缘故，人们对湘西的“边城”耳熟能详，但边城到底在哪里？很多人可能不假思索地回答在湘西凤凰。确实，凤凰的风土人情和山水景色甚至那要塞和城墙，很容易让人联想到大师笔下的《边城》。再加上凤凰城出了书画大师黄永玉，人们更有理由相信那是一个人杰地灵人才辈出的地方。但事实上，沈从文笔下的“边城”不是指湘西的凤凰城，而是指花垣县的茶峒镇。文学大师在《边城》里面写得很清楚：“由四川过湖南去，靠东有一条官路，这官路将近湘西边境，到了一个地方名叫茶峒的小山城时便有一溪……”也就是说，真正的“边城”不在凤凰县，而在花垣县，也就是邓光辉在那里协助当地开采加工锰矿的那个县。只不过真正的边城非常偏僻，处在湖南、四川（现在是重庆）、贵州三省的交界处，经济落后交通不便，没有凤凰那么出名罢了。但瑕不掩瑜，自从发现锰矿之后，花垣县的经济突飞猛进，当地政府打算借着经济的力量，重新打造真正的“边城”，第一步就是把“茶峒镇”更名为“边城镇”，仿佛一个女人因为长得漂亮而特意更名成“陈美丽”一样，为她恢复名誉。本以为此举能得到当地商界的大力支持，没想到却遭到工商界人士一片反对。领头的就是邓光辉。

邓光辉虽然户口还在长沙，人事关系还在长沙矿冶研究院，严格地说他还是长沙人，但从另一个方面说，他也是花垣人。两个标志：第一，他已经娶了花垣当地的女人做老婆，老婆已经为他生了儿子，相当于他这个长沙的种子在花垣的土地上开花并且结出了果实，说他是半个花垣人不为过。第二，他是花垣县商会会长，商会会长是商界人士民主选举产生的，不需要看户口和人事关系，政府也不得干涉，商界人士选商会会长的唯一标准是看生意大小，谁的生意大，资本雄厚，他们就选谁，于是，就选到了邓光辉的头上。并且，商会会长几乎是当然的政协常委，所以，现在邓光辉是湘西花垣县的商会会长兼政协常委，他带头反对把沈从文笔下的“茶峒镇”更名为“边城镇”，着实给当地政府出了个不小的难题。

关于邓光辉在花垣娶老婆生儿子，没多少可说的，很自然。湘西人实在，当他们知道这位来自长沙的大知识分子还没有娶老婆时，几乎所有认识他的人都热心帮忙。花垣虽小，但也有几十万人口，天涯何处无芳草，何况那么大一个县呢。最后，邓光辉按照何竹青的标准，像古代皇帝选妃子一样选了县剧团当家花旦做老婆，完成了在花垣生根开花结果的历史使命，也结束了自己“老大难”生涯。

至于邓光辉被推举为花垣县的商会会长，更是顺理成章。锰矿是花垣县的支柱产业，邓光辉是花垣最大的锰矿老板，也可以说是花垣的最大老板，不推举他当商会会长推举谁？要说邓光辉能成为花垣最大的锰矿老板，并不是他个人努力的结果，而是被其他老板硬逼出来的。当初老板投资锰矿的时候，经济实力并不雄厚，但又必须请邓光辉担任技术顾问，怎么办？只好不给工资。可也不能让他白干啊？怎么办？最后只好给邓光辉股份，比如给百分之十的股份。一家企业百分之十的股份，花垣有那么多大的锰矿企业，邓光辉几乎在每家企业都有百分之十的股份，加在一起当然就是最大的老板。

邓光辉反对更名的理由是：不发展有时候也是硬道理。不要看凤凰今天闹得欢，从长远的观点看，花垣的偏僻和茶峒的宁静说不定是好事情。旅游资源的开发很容易，只要投钱就行，但保持资源地原有的风俗却是一件非常难办的事情，所以，能不改变尽量不要改变。

邓光辉还举出湖北荆州和安徽徽州的例子，说明随意更改一个有着丰富文化内涵的地名是一种短视行为。说当初湖北省把荆州一分为二，曾经引起“天下从此失荆州”的大争论，最后不得不重新恢复老荆州。安徽的徽州也一样，当年的胡适一直自称自己是徽州人，可“徽州”竟然没有了，闹得胡适最终也没有返乡。所以，今天的“茶峒镇”坚决不能改成“边城镇”，好比不能因为他老婆田英漂亮而就必须改成“田美丽”一样。

邓光辉这最后一句是当笑话说的。这是他的特点，常常用开玩笑的口气说严肃的话题。

不用说，邓光辉的意见得到知识界和商界人士的普遍认同。但是，更名为“边城镇”的建议是县委书记提出的，涉及与一把手保持一致的大是大非问题，这就让政府部门非常为难。

石晓晴就是在这个时候给邓光辉打电话提出借钱的。

钱不是问题。此时的邓光辉不要说五十万，就是五百万也能拿得出。但是，石晓晴在他眼里完全是个小孩子，邓光辉怎么能把五十万借给一个小孩子呢?

这点石晓晴早已经料想到。不仅她料想到了，欧阳鸿海也早想到了。所以他们反复商量过该向邓光辉怎么说，并且做了演练。

石晓晴先向邓爸爸问好。

邓光辉说好。

石晓晴说祝贺邓爸爸添了宝宝。

邓光辉说谢谢，男孩。

石晓晴说：“那我就有小弟弟了?”

邓光辉开心地大笑，说：“是的，你有小弟弟了。你可不能欺负小弟弟哦。”

石晓晴说：“我疼他还来不及呢，哪有欺负的道理，他欺负我还差不多。”

邓光辉还是笑，并问石晓晴在学校怎么样。

石晓晴说学校很好，她已经两次参加剧组排戏了，说不定很快就能在电视上露面了。

邓光辉说：“好，我等着看呢。”

石晓晴说：“我听您的话，没有谈恋爱。”

邓光辉愣了一下，说这也不是绝对的，要看情况，有了情况告诉我就行。

石晓晴说现在就遇到了情况，所以要打电话告诉你。

邓光辉愣了更长一点时间，说：“哦？你说给我听听。”

石晓晴说：“你必须保密，不能告诉我爸爸妈妈。”

邓光辉说：“一定，一定。”

石晓晴说她在剧组认识一个大哥哥，对她很好。

邓光辉说：“理解。”

石晓晴说：“但是大哥哥是有老婆的。”

邓光辉说：“那你一定要注意，不能有发展。”

石晓晴说：“这我知道，但他们夫妻关系非常不好。”

邓光辉说：“那也不行，你怎么肯定他们夫妻关系不好？”

石晓晴就把欧阳鸿海的老婆是欧阳鸿海的老板，欧阳鸿海给老婆的公司当总经理不拿工资，但可以随便用钱，实报实销，因此他就使劲花钱，所以结交了许多朋友的情况对邓光辉说了。

邓光辉说：“即便如此，你也不能和他谈恋爱。”

石晓晴说：“我没有和他谈恋爱，但他对我很好。”

邓光辉说那也要把握分寸。

石晓晴说知道。所以她想向邓爸爸借一笔钱。

邓光辉不明白把握分寸和借钱之间有什么关系，但他没有问，而是问石晓晴打算借多少。

“五十万。”石晓晴说。

“这么多？”邓光辉问。

石晓晴告诉邓光辉，欧阳鸿海因为舍得花钱，结交了许多朋友，而且许多朋友欠他的人情，所以，他现在就得到了一个机会，能买到原始股，消息很准，即将上市，一上市就能翻几番，但他自己没钱，也不想告诉他老婆。

“为什么？”邓光辉问。

“告诉她她也不相信，”石晓晴说，“还要费口舌解释，搞得好像鸥阳鸿海要骗他老婆钱一样。再说老婆赚了钱也不会给她。他喜欢我，希望我发财。再说我赚了钱之后，除了还您之外，多少还会给他一些。”

邓光辉静静地听着，没说话。

“是不是您一下子拿不出这么多钱？”石晓晴问。

“那倒不是，”邓光辉说，“这样，你让你爸爸妈妈来借。”

“为什么？”石晓晴说，“你不相信我？”

“不是不是。”邓光辉说。

“那是为什么？”石晓晴说，“我比他们年轻啊。我用我自己一辈子的信誉做抵押还不行吗？你是我的邓爸爸呀。难道您怀疑我这辈子连五十万都挣不到吗？这样，我给您打一个借条，先把借条用特快专递寄给您。您收到借条之后再把五十万打给我。我相信您，您难道就不相信我吗？”

邓光辉无话可说，只能感叹广东就是广东，这要是在长沙，像石晓晴这样的细妹子，哪能说出这样话？

好在五十万对邓光辉不是一个特别大的数字，他无法拒绝自己的干女儿第一次正式求助，况且石晓晴说了“用自己一生的信誉做抵押”这样的话，如果邓光辉再拒绝，就等于没有这个干女儿了。最后，邓光辉又交代了一些注意事项，包括一定要以石晓晴的名字开户并自己掌握密码等等。其实这些欧阳鸿海早说过了，石晓晴早就知道，但还是认真地听邓爸爸说，并说谢谢邓爸爸。

第二十三章　断　　供

由美国次贷危机引发的全球金融海啸对中国深圳的石晓晴开始产生直接影响。

换保险当然是影响之一，但这个影响不大，况且换保险公司是石晓晴的主动行为，凡是自己主动采取的行为都影响不大。怕就怕被迫采取的不得已行为，比如房屋断供。

问题出在南山的那一套房子上。

和在罗湖和福田买的那两套房子一样，石晓晴买南山的房子也不是为了自己住，而是为了投资。具体地说，就是听从了姐姐石晓雨的建议，用按揭贷款买房的方式做放大投资。

这套房子位于南山后海填海区爱琴海花园。复式，一百八十平方米。大阳台，十七平方米的大门廊，一看就高贵典雅，谁见谁喜欢。虽然深圳湾远远比不上希腊的爱琴海，但毕竟也靠海。爱琴海花园对面是香港新界的落马洲，背后是终年长青的大南山，左边是新开通的深港西部通道，右手是六星级的凯宾斯基大酒店和刚刚落成的保利剧院。按照房地产价值第一看位置，第二看位置，第三还是看位置的原则，爱琴海花园当然价格不菲。石晓晴买的时候是两万七千一平方米。支付首期不久，就涨到三万一。每平方米涨了四千元人民币，总共一百八十平方米，如果石晓晴立刻出手，就能赚七十万。当然，石晓晴不会这个时候出手的，她懂得位置是不可再生的道理，相信爱琴海花园能够继续升值。考虑到上海已经有高档住宅涨到每平方米十二万的先例，深圳的最高房价涨到七八万一平方米也不是不可能的，而如果深圳的高档住宅能涨到七八万一平方米，石晓晴认真考察并比较过，保守一点估计，爱琴海花园涨到每平方米五万元不成问题。如果能涨到五万元一平方米，石晓晴用手机计算器粗略算了一下，价值九百万！那她不是几乎成了千万富姐了？

石晓晴给姐姐石晓雨打电话，谢谢石晓雨。因为她仅仅只投入了首期一百四十万，就已经赚七十万了，而且还要即将赚二百万！三百万！五百万！

石晓雨提醒她不要那么贪，价格涨到每平方米四万就差不多可以考虑出手了。

"不。"石晓晴说，"反正我也不等着钱用，可以慢慢等。说不定等到最后不出手了，留着自己住。"

既然石晓晴都打算留着自己住了，石晓雨当然也就没有任何话可说了。

可是，就在那以后不久，深圳的房价和上海的房价一样，开始下跌，而且下跌的速度比上涨快，还没有等石晓晴反应过来，一眨眼爱琴海花园就跌回到石晓晴的成本价。

石晓晴并没有惊慌，她相信由美国次贷危机引发的金融海啸总会过去的；相信深圳作为新型城市，房地产的刚性需求总是上涨的；相信大都市靠海的住宅是不可多得的。所以，她在慢慢等待，等待金融海啸的消失，等待房地产价格回暖，等待她所购买的南山爱琴海花园价格回升。

但是，她等来的是金融海啸向实体经济蔓延，等来的是房地产行业进一步萧条，等来的是爱琴海花园价格跌破两万，再逼近每平方米一万！

石晓晴慌了。

如果真跌到每平方米一万，就意味着她总共要亏损三百万！

一些平常老死不相往来的业主开始聚集在一起，互相通报着情况，共同商量着对付发展商的策略。

其中一个业主最惨，她是通过中介机构购买的爱琴海花园，总共给中介支付了一百万，但发展商这边实际只收到五十万，现在中介机构破产了，关门了，老板跑掉了，发展商只认该业主的五十万。撇开房屋价格下跌亏损不算，仅中介这一块她就损失了五十万。

另一个业主带来一个消息，说他一个朋友在西丽买了房，现在房价下跌了，发展商同意降价，并且退还给老业主一些钱。石晓晴她们听说之后很振奋，立刻开车去看了，还真有这么回事，搞得爱琴海花园这边的业主心里痒痒的，立刻联合起来，建立同盟，共同与这边的发展商交涉，要求爱琴海花园的发展商向西丽那边的发展商看齐，降价。

其实爱琴海花园已经降价了。不用发展商主动降价，而是准业主降价。所谓“准业主”，就是石晓晴这样的业主，交了首期，后面的房款还没有交，房子也没有拿到手，从严格的意义上来说，还不能算业主，最多只能算“准业主”。这些准业主和石晓晴一样，当初买爱琴海花园的目的也不是打算自己住，而是用按揭的方法做放大投资。但他们比石晓晴老练，一看房地产不景气，马上出手，宁可亏本也出手，引起抛售。一抛售又引起新一轮下跌，于是他们只能在更低的价格上抛售。新的抛售又引起新的下跌，如此往复，爱琴海花园现在的实际价格已经降到每平方米一万三千元人民币，而且还是有价无市。就是只有卖家的喊价，并无买家的接手。假如这时候真有人买，估计掏一万二千元人民币也能买到。

但是，发展商不肯给“准业主”退钱。

他们这样做是有道理的。

虽然是“准业主”，但是在发展商眼睛里，他们就是“业主”，因为房子已经卖给他们了，房款也已经付清了，“准业主”们所欠的房款也已经由银行代为支付了。从经济关系上说，“准业主”与发展商之间已经两清了，找“准业主”讨要后续资金的是按揭银行，不是发展商。在这种情况下，发展商有什么理由向“准业主”们退钱？不但没有理由，而且没有必要。即便“准业主”们采取极端手段，断供，着急的也不是发展商，而是按揭银行。所以，发展商态度坚决，没有任何商量的余地，连“准业主”们提出的送装修的要求都不予考虑。

几经交涉，石晓晴终于明白，要求发展商退钱是根本不可能的了。

石晓晴算了一笔账。如果继续供楼，利息不算，单单就是房屋本金，还需要支付三百四十万。而如果断供，原来买的这套房子不要了，就在同一花园同样的楼层重新买一套，不搞按揭，直接支付现金，按照目前每平方米一万二千人民币的标准，同样一百八十平方米的房子也只要二百一十万，继续供楼她发神经了？

石晓晴不再参与“准业主”们的活动了。

她也不再找发展商。

她没有对任何人声明。

她把那本专门用于支付按揭款的存折上面的钱全部取走。

她让银行从此再不能从她账户上自动扣款。

石晓晴开始断供了。

因为刚刚开始断供，银行那边还没有来得及反应，所以她的生活一切如常，该打麻将照样打麻将，该参加朋友聚会照样聚会，总之，生活基本上没有变化。

但是，当她把这些情况告诉石晓雨的时候，石晓雨的反应却相当强烈。

“你千万不能这么做。”姐姐石晓雨在电话里说。

“你这样会有不良记录的。”姐姐又说。

“你不要以为银行拿你没办法。”姐姐显然替她着急。

“银行会冻结你所有的账户和动产不动产。”姐姐越说越严重。

“银行会起诉你的。”姐姐的话像威胁。

“法院肯定判你败诉。”姐姐越说越可怕。

“法院会强制执行，低价拍卖你在爱琴海花园的房产，低价拍卖你的其他房产，甚至低价拍卖你的车。到时候你损失更大，而且身败名裂。”姐姐描述了一个非常可怕的前景。

“对不起，”石晓雨最后说，“都怪我。都是我害了你。”

“不不不，”石晓晴终于有机会说话，“投资是我自己的事情，不怪任何人。”

嘴巴上安慰姐姐，内心里却充满恐惧。

贪婪与恐惧，石晓晴发觉这是投资人最需要克服却偏偏经常要碰到的两种不良心理。

第二十四章　金钱与情感

尽管进行了恶补，石晓晴对股票仍然一知半解，尤其对所谓的B股，更是知之甚少。所以，十年前她第一次投资股票，不，应该说是投机股票，几乎完全是依靠欧阳鸿海手把手帮着操作的。

那段时间他们不忙。石晓晴已经临近毕业，毕业实习就是参加剧组拍戏，但《职场旋涡中的女性》基本拍摄完了，新戏还没有开张，石晓晴和欧阳鸿海每天在剧组里准时出现，象征意义大于实际意义。剧组活动一般在下午进行。所以，在那段时间里，常常是石晓晴一大早起床之后赶往深圳，然后下午搭欧阳总的车回来。或者上午并没有去深圳，但下午在剧组点个卯之后，立刻与欧阳鸿海一起双双离开学校，直奔深圳。给同学的感觉是石晓晴与深圳的某位老板寻欢作乐去了。好在这种情况并非罕见，所以大家见怪不怪，并没有掀起任何波澜。

其实同学们是冤枉石晓晴了。石晓晴去深圳并非同学们想象的那样。石晓晴是去操作股票的，而不是去迎合某个大款的。事实上，直到这个时候，除了拍戏时那场初吻之外。石晓晴和欧总之间都还保持着清白的关系。

由于资金密码和交易密码是分别设立的，所以，如果石晓晴把交易密码告诉欧阳鸿海，让欧阳鸿海代为操作也行。但欧阳鸿海不愿意这么做。他比石晓晴大十多岁，比石晓晴成熟。他知道做事情的分寸。他注意避嫌。所以，欧阳鸿海从来不要石晓晴的密码，不管是资金密码还是交易密码，他都不要，并且多次提醒石晓晴要经常更换密码。他甚至不亲自动手操作，而只是给石晓晴操作建议。在石晓晴按照他的建议进行操作的时候，欧阳鸿海还总能找个借口回避一下，避免看见石晓晴的交易密码。

这样持续了一个月，石晓晴账户上的五十万已经变成了三百万！

欧阳鸿海建议石晓晴见好就收。

石晓晴立刻言听计从。

但是很快，欧阳鸿海就向石晓晴道歉，说自己太保守了，如果不那么早收手，石晓晴至少可以多挣一百万。

石晓晴当然不接受欧阳鸿海的道歉。不但不接受他的道歉，而且还千恩万谢。

确实，没有欧阳鸿海，石晓晴哪里能一下子赚这么多钱！

接下来就是财富分配的问题。

首先是还债。还邓光辉的钱。虽然当初借的是五十万，但今天还的就不该是五十万，应该有利息，可到底给多少利息，石晓晴吃不准。她问欧阳鸿海。

石晓晴现在什么事情都问欧阳鸿海。除了信任，还有依赖。

欧阳鸿海说这是你自己的事情，你自己做主。

石晓晴说如果我自己做主，我觉得还六十万比较合理。既包含五十万的利息，又包含以前邓爸爸资助我的学费。

欧阳鸿海刚才明明说了让石晓晴自己做主，可现在听石晓晴这样说，却又表达了自己的意见，说这样做不妥。

石晓晴以为自己给少了，怀疑欧阳鸿海说她小气。

“不是，”欧阳鸿海说，“多了。我觉得你就还他五十万比较好。”

石晓晴没有说话，瞪着欧阳鸿海，不敢肯定他说的是真是假，甚至怀疑欧阳鸿海讽刺她。

“你邓爸爸当初借钱给你的时候根本没打算要利息。”欧阳鸿海说。

石晓晴说：“是。但现在既然赚了这么多钱，就该给他利息。况且以前还欠邓爸爸的钱。”

欧阳鸿海说：“欠钱是你爸爸妈妈的事，不是你的事。”

石晓晴说：“是爸爸妈妈的事，但我现在既然有钱了，就该替爸爸妈妈还钱。况且爸爸妈妈也是为我才欠邓爸爸钱的。”

欧阳鸿海摇头，说：“如果你这样，反而干涉了你爸爸妈妈和邓爸爸之间的情感，反而伤害你邓爸爸。”

石晓晴不作声，她还没有这方面的经验，不敢肯定她这样做就是干涉了爸爸妈妈和邓爸爸之间的感情，不敢肯定这样做就能伤害邓爸爸。不过，她相信欧阳鸿海，相信欧阳鸿海说的一定有道理。

“你打算跟邓爸爸讲实话吗?”欧阳鸿海问。

“讲什么实话?”石晓晴反问。

“讲你赚了二百五十万的实话?”欧阳鸿海说。

石晓晴不作声。这个问题她想过，但没有想好。

“如果你讲了实话，那么还六十万都嫌少了。”欧阳鸿海说。

“那怎么办?”石晓晴有点急了，“给他一百万?”

欧阳鸿海笑了笑，摇摇头。

“不对他讲实话?”石晓晴问。

“你就说事情没有做成，钱还他，谢谢他。”欧阳鸿海说。

石晓晴仍然不作声。她感觉这样不好。这不等于说谎嘛。

“好不好看效果，不是看动机。”欧阳鸿海说。

石晓晴还是不明白，仍然不作声。

欧阳鸿海分析给石晓晴听。说邓爸爸借钱给她根本就没想到要利息。

石晓晴说是。同时心里想，不管邓爸爸怎么想，我有自己的原则，既然赚了钱，就该给利息。

“但他也是有担心的,”欧阳鸿海继续分析，“他的最大担心就是你没赚到钱，反而被骗了，五十万没有了。”

石晓晴没有说话，但不由自主地点头，承认欧阳鸿海分析得对。

“所以,”欧阳鸿海说，“这时候你告诉他事情没有做成，五十万一分不少地还给他，对他来说就是最好的结果。”

石晓晴又点了一下头，表示是。同时心里仍然有些不安，觉得从良心上来说，多少应该给邓爸爸一些回报。

“而如果你给他利息，”欧阳鸿海说，“反而见外。他肯定先是说不要。如果你坚持给，就必然要告诉他你赚了钱。至于赚了多少钱，最后你还是要讲假话。你不可能说你赚了五倍的钱。如果你说了真话，他要么就是不相信，要么就是大惊小怪，搞得满城风雨。还有，你给他一百万都觉得少了。”

石晓晴仍然没有说话。她在认真地听欧阳鸿海讲话。

欧阳鸿海进一步向石晓晴建议，这事情最好连自己的父母都不要说。说了只有麻烦，没有好处。

这下石晓晴笑了。她确实还没有跟父母说，但她非常想说，以报喜的心情说。可又怕母亲告诉邓爸爸，所以就一直忍着没说。现在欧阳鸿海一提醒，石晓晴觉得有道理，不说什么事情没有，说了肯定自找麻烦。

石晓晴接受欧阳鸿海的建议，把五十万转账还给邓光辉，说生意没做成，钱还给他，谢谢邓爸爸。

邓光辉果然高兴，说没做成没关系，没有上当受骗最好，并把石晓晴的借条用特快专递寄了回来。

接下来就是剩下的二百五十万怎么分配。

石晓晴认为这钱不是她一个人的，而是她和欧阳鸿海两个人的。尽管现在全部二百五十万加上零头都在她个人账户上，她完全可以全部占为已有。所以，石晓晴这几天并没有得意，而是操心，操心她和欧阳鸿海怎么分配。

石晓晴心里有三个分配方案。第一是两个人均分，一人一百二十五万。第二方案是她得一百万，欧阳鸿海得一百五十万。第三是她得一百五十万，欧阳鸿海得一百万。但她心里没底，不知道欧阳鸿海的胃口有多大。

石晓晴没说，欧阳鸿海也没说。事情就这么拖着，闹得石晓晴不安心。

但这事情总要说的。

石晓晴几经考虑，这天向欧阳鸿海要账号，说要把钱转给他。

石晓晴相信，只要她这样说了，就马上能说到转多少钱的问题，不管欧阳鸿海说多少，她都算了却一份心思了。

石晓晴是在欧阳鸿海的车上说这事的。这天她跟欧阳鸿海去深圳，把资金从证券公司的账户转到银行账户上。石晓晴感觉只有转到自己银行的账户上，或者说是转到自己的存折上，这钱才真正算是自己的。

“你给我转什么钱?”欧阳鸿海问。

欧阳鸿海这样一问，把石晓晴问傻了。

“这个……这个……”不过，她马上就反应过来，相信这钱大部分都属于她自己的了，心口立刻就蹦蹦跳。

“你帮了我这么多，我总该感谢你吧。”石晓晴控制住心跳，尽量平和地说。

“嗨，”欧阳鸿海说，“我们不是朋友嘛。我不缺钱。我就是打算帮你的。”

“可是……我该怎么谢你呢？”石晓晴仍然不安。

欧阳鸿海笑了，笑得非常开心。那一刻，石晓晴忽然发现欧阳鸿海像一个孩子，还没有她大。

“你不是谢过了嘛。”欧阳鸿海开心地说。

“谢过了？我谢你什么了？”石晓晴不明白。

欧阳鸿海仍然开心，但突然不笑了。把车慢慢停在路边，非常严肃地看着石晓晴，认真地说：“你的初吻。”

石晓晴又一次感到心跳加速，但不是因为钱。她脸红了，说：“那个不算。”

“那你就再给我一个。”欧阳鸿海说。说完，不看石晓晴，转而看着远方的路面，仿佛那才是石晓晴的脸。

忽然，他感觉自己的脸颊一热！

欧阳鸿海转过脸来，双手抓住石晓晴的肩膀，把她拉近自己，让石晓晴尝试了真正的初吻。

第二十五章　次贷危机、金融危机和经济危机

石晓雨把石晓晴吓唬住了。她本来以为所谓的断供最坏的结果就是一百四十万首期白扔了，不要爱琴海花园那套房子了，没想到事情这么复杂，问题那么严重。于是，她又赶快往按揭银行的存折上存钱，先维持住现状再说。

但是，石晓晴不甘心。这样支付下去，连本带利总共要向银行支付将近七百万，按照现行的价格，同样的物业差不多可以买两套了！我发神经了?!

石晓晴想不通。

她不是怀疑姐姐，而是怀疑美国的法律和处理这类问题的方法与中国不一样。

她打电话给孔德明，也就是孔教授。她向教授请教。

孔教授一开始也不是很清楚，但教授聪明，会提问题。孔教授不动声色七问八问，就把石晓晴的姐姐石晓雨说的观点问清楚了。然后他说：你姐姐讲得有道理。

石晓晴仍然不甘心。她觉得孔教授和姐姐石晓雨一样，都是典型的知识分子，特点一样，就是教条和呆板，胆子小，把很小的事情看得很严重，再说，教授并没有自己的新观点，而只是同意石晓雨的观点，所以，不作数的。

石晓晴又给王莹打电话，咨询同样的问题。

由于“减额交清”的缘故，她还是王莹的客户，因此就还是王莹的朋友，所以，无论从朋友的角度还是从投资顾问的角度，石晓晴仍然可以向王莹咨询。

石晓晴认为王莹不是姐姐石晓雨那样的书呆子，也不是孔教授那样的有知识滑头分子，王莹和她一样，身上有很多“中国特色”，对待诸如断供这样的问题应该不会完全按书本条条回答。

接受在教授那里获得的教训，这次石晓晴死活不亮出姐姐石晓雨的观点，就当是完全没有观点，甚至都不说是她自己，而是说她的一个朋友遇到了这样事情。原本在南山买了房子，两万多一平方米，现在掉到一万多一平方米，继续支付按揭还不如宁可损失首期合算，因此想断供，问王莹可以不可以。

王莹说如果继续供楼还不如买新楼，那么当然宁可断供。

“会不会有麻烦?”石晓晴问，“我听说好像有麻烦。”

王莹不敢回答了。停顿了一下，说没关系，我有个客户是律师，你等一下，我让他直接找你，你向他咨询。

不大一会儿，石晓晴果然接到一个陌生男人的电话。

大概是王莹很会说话，说给律师介绍一个几百万的大业务，所以律师对石晓晴非常热情，其态度不像是石晓晴有事情求他，倒像是他自己有事情求石晓晴。

石晓晴不敢在律师面前有保留。也不需要保留。她相信律师不但懂法律，也一定通晓“中国特色”，所以，石晓晴原原本本地把事情的来龙去脉对律师说了，连姐姐石晓雨的观点也说了。

律师听完，热情有所下降，主要表现是声音低沉了一些，没有先前那么亢奋。

律师说问题没有石晓雨讲的那么严重，深圳毕竟是中国，很多事情是可以通融的，也是可以拖延的。即使发生断供，银行也不至于立刻采取法律行动，而是先发催款通知，一个月一次，连续三次之后，也就是实际发生断供三个月之后，再发律师函，同样也是一个月一次，连续三次之后，也就是总共在断供发生半年之后，才有可能采取真正意义上的法律行动。并且，即使诉讼了，法院也首先主张庭外调解，不会立刻判决的，最后，即使判了，也可以上诉的，上诉失败了，还可以要求再审或庭外调解。到那个时候，再补交欠款也不会吃官司。

石晓晴多精明的人啊，听完律师的介绍，马上就说：“如果走到那一步，我可以请您做我的律师代理吗?”

“可以啊。”律师立刻恢复先前的热情。

祸不单行。石晓晴在罗湖和福田买的两处房产也发生了类似的问题。简单地讲，就是房价大幅度跌价，如果继续按照原来的合同逐月向银行支付按揭款，全部费用计算下来按照现行的价格能够买同样的房产两套了。所以，如果单纯从经济角度考虑，还不如白白扔掉不要算了。也就是说，不如断供。但是，从姐姐石晓雨、教授孔德明和王莹推荐的律师的观点综合判断，断供绝对不是仅仅白扔掉一个首期这么简单，肯定会产生信誉不良记录，肯定会遭银行起诉，肯定会发生银行通过法院强制拍卖个人财产的事情。如果那样，那不真如石晓雨说的那样个人破产身败名裂？

石晓晴可不想沦为负资产并身败名裂啊！

解铃还须系铃人。石晓晴给远在美国纽约的姐姐打电话。时间还是在半夜一点之后，口气还是和以往每次打完麻将回来既睡不着又无事可做打无聊电话一样。但事实上，石晓晴今天晚上并没有出去打麻将，她也不是无聊，而是坐立不安地一直等到下半夜一点，假装无所事事地给姐姐打电话。

无论石晓晴以什么样的口吻开场，无论她怎样刻意地应用轻松的语调，说到最后，总还是要说到实质性问题上了。而一说到实质问题，口气自然就变得沉重。

石晓雨的心情比石晓晴还沉重，唉声叹气，反复说是她害了石晓晴。

“怎么能这么说呢，”石晓晴说，“投资是我自己的事情。在这个世界上，尤其是在个人投资问题上，没有人能真正害另外一个人，要说害，只能自己害自己。”

石晓晴说是她自己太贪婪了，如果当初没有一下子买三套，而只买一套，现在也不至于落到今天这个地步。

石晓雨勉强笑了笑。虽然隔了越洋电话，石晓晴仿佛仍然看见姐姐沮丧的表情。石晓晴忽然发现，自己现在的任务不是对姐姐兴师问罪，甚至不是向姐姐请教摆脱当前危机的办法，反而是要安慰她。

“没关系的，”石晓晴故意轻松地说，“我还有股票，还有车子，还有已经付了全款的房子。大不了我把股票卖掉，把车子卖掉，把现在住的这套房子也卖掉，只要我能按时支付这三套房子的按揭，银行就不会找我麻烦，我也就不会产生不良记录，个人财产就不会被强制拍卖，我也就不会身败名裂。”

尽管语调轻松，并且石晓晴是故意笑着说的，仿佛她们用的是可视电话，为了让姐姐看到她真的无所谓，所以不得不笑。但是，不知不觉，石晓晴笑着的脸庞上挂了两行眼泪。这是自然流淌的眼泪，是心力交瘁的眼泪。

她们的电话不是可视的，姐姐石晓雨看不见妹妹石晓晴的眼泪，只能听见石晓晴的声音。听石晓晴这样说，石晓雨的心情果然好了一些，说如果这样，当然最好，金融海啸总归会过去的，深圳的房地产价格总归是要企稳并且回升的，只要你能顶得住，三套房子还会升值，你的总资产还会上升。

“是的是的。”石晓晴赶紧说，唯恐说慢了姐姐就看见她的眼泪了。

按说石晓晴已经尽力了，但石晓雨回应的，仍然是深深的叹息。刚刚好起来一点的心情，又一下子重新一落千丈。

“怎么了，姐?”石晓晴关切地问。

她忽然发觉，好长时间没有听见姐夫的声音了，甚至也没听见姐夫的消息了，难道姐夫出事情了？或者姐姐和姐夫的感情出问题了？

这个问题石晓晴可不好主动问啊。

“晓晴……”电话里终于传来了石晓雨的哽咽声。

“姐，怎么啦?”石晓晴小心地问。

“没事，”石晓雨说，“我就觉得对不起你。”

石晓晴真想问一下姐夫的事，问一下石晓雨和姐夫之间感情的事，但想了想，总归没有问，怕又挑起一个伤心的话题。

石晓晴不想再和姐姐说断供的事情，不想和她说任何事情，所以这段时间就没有给石晓雨打电话。因为只要打电话，无论说什么事情，说到最后都绕不过她眼下最头疼的事情。

卖股票、卖车子、卖房子也不是一件容易的事情。股票跌得比房价更惨，这时候卖股票，就真的好比割肉。车子的情况也好不了多少，就好比封建制度下的姑娘，只要过门了，哪怕还没有来得及与新郎同房，也是不值钱了。房子自己还要住，而按揭贷款买的三套房子又一套都没有交付使用，这时候让石晓晴把自己现在住的房子卖掉，不等于让她流落街头吗?

美国的金融海啸还影响到了深圳人打麻将。一起打麻将的一个麻友刚开始还多少有些幸灾乐祸，说一些风凉话。说做生意还是要实在，不能既想赚钱又不想出力，还是像她那样老老实实开工厂好。订单多了就多做，订单少了就少做，最多就是赚多赚少的问题，不像做股票和炒房子，今天赚了明天赔，赚的时候是纸上富贵，赔的时候真是割自己的肉啊。当时石晓晴听她这么说还非常不舒服，有一次差点和她吵起来。可是，还没有等石晓晴和她吵，她自己就哭鼻子了。原来，问题并不像她想象的那么简单。这位麻友开的是玩具厂，产品通过进出口公司出口到美国，随着金融海啸的爆发，工厂的订单越来越少，现在干脆一点都没有了。在过去的半年里，生产能力一直不足，但工厂的租金并没有减少，工人的工资一分钱不能拖欠，其实一直处于亏损经营，本以为金融危机很快就过去，只要能维持，顶过去，就又能大把大把赚钱了，没想到现在订单彻底没有了，还拖欠了房租、工资和供货商的货款，急得哭鼻子了。如此，大家也就没有心思打麻将了。石晓晴估计下一个倒霉的是麻将馆。

这一天孔教授给石晓晴打电话，并问她最近忙什么。石晓晴刚开始不想说，但说着说着就忘记管住自己的嘴巴了，把自己的情况和麻友的情况简单说了一下。

教授听后，居然也叹气说，果真如此啊。

石晓晴问什么果真如此。

教授稍微停顿了一下，仿佛是做了短暂的思考，然后说："果然开始影响实体经济了。"

教授说，我们国家的情况可能和美国倒过来。美国是金融危机影响实体经济，中国可能是由实体经济反过来影响金融业。

"所以，"教授说，"我们国家救市应该倒过来，先救实体经济，而不像美国那样先救银行。"

"我看还是先救我吧。"石晓晴说。

第二十六章　无法奉送的袜子

欧阳鸿海没要石晓晴的钱，不表示他不需要钱。事实上，他很需要钱。欧阳鸿海有时候想，如果自己有足够的钱，所做的第一件事情就是跟老婆离婚。这并不是说他老婆不好，而是他不想一辈子生活在老婆的阴影下。如果真和老婆离婚了，他也不会一个人过单身生活，而是要另外找一个老婆。找个什么样的老婆呢？欧阳鸿海是个非常现实的理想主义者。他想找的老婆当然是一种理想状态的人。具体地说，就找一个聪明、有钱并且尊敬他的年轻漂亮的女孩。但是，世界上哪里有这样的人？有！欧阳鸿海认为，如果石晓晴有钱，那么她就是这样的人。所以，欧阳鸿海想方设法帮石晓晴赚钱，使她成为有钱人，并且在帮她赚钱之后，还不要她任何经济回报。欧阳鸿海认为他这样做与其说是帮石晓晴，倒不如说是帮他自己实现理想。现在，欧阳鸿海基本达到了自己的目的。因为石晓晴现在基本上可以说是一个有钱的女孩，并且由于欧阳鸿海没有从她赚的那两百多万钱当中分走一部分，所以石晓晴就仍然对欧阳鸿海保持充分的信任和感激。当然，也就是欧阳鸿海所希望的那种尊重。如此，欧阳鸿海设想的那种理想伴侣不是在现实生活中出现了吗？

但是，他并没有和老婆离婚。一是因为他还没有“足够的钱”，二是他不敢保证石晓晴愿意嫁给他。

当然，欧阳鸿海也不是一点钱没有。他以前就有二三十万“私房钱”，这次在建议石晓晴购买B股的时候，他自己也买了，并且取得了和石晓晴一样的收益，所以，现在身上一百万还是有的。但一百万在欧阳鸿海看来不属于“有足够的钱”。在欧阳鸿海看来，起码要达到他老婆那样的标准才能叫“有足够的钱”。现在他与老婆的标准相差远着呢，不符合与老婆离婚的必要条件。

没离婚的另一个重要原因是他觉得石晓晴不可能嫁给他。不错，石晓晴是非常尊重他，也很感激和信任他，只要一个电话，鸥阳鸿海随时随地就能把石晓晴叫到身边，但这并不表明如果欧阳鸿海和他老婆离婚，石晓晴就肯定嫁给他。欧阳鸿海虽然是个理想主义者，但更是生活在现实生活中的。根据现实，欧阳鸿海想象着如果他提出和石晓晴上床，或许石晓晴还能答应，尽管这对于石晓晴来说是“第一次”，但如果他提出和石晓晴结婚，估计石晓晴肯定不答应。不但不答应，甚至还以为他是神经病。欧阳鸿海忽然发现，现在的女孩贞操观变了，能跟你上床是一回事，跟你结婚是另外一回事。欧阳鸿海到现在还没有跟石晓晴上过床。不是他不想，而是不想破坏自己在石晓晴心目中的形象，不想破坏现在拥有的那份难得的美妙的感觉。

但这份感觉并没有维持太长的时间，因为石晓晴提出了要去江西找包诗度。

《职场旋涡中的女性》拍摄工作已经结束，剩下的是剪辑和制作，与演员关系不大。新剧《圈套》已经开拍，导演没有辜负自己的承诺，给欧阳鸿海安排了分量更重的戏。自然，石晓晴的分量也水涨船高，这次她和欧阳鸿海不仅有接吻戏，而且有床上戏。石晓晴同样非常投入，非常认真，但无论多么投入多么认真，再也找不到当初的感觉。

趁着空隙，石晓晴决定去一趟江西。

关于石晓晴与包诗度的事情，欧阳鸿海知道，知道石晓晴对包的那份朦胧的感觉，知道他们之间根本就没有正式恋爱，知道他们连初吻都没有过。正因为如此，当石晓晴提出要去江西找包诗度的时候，欧阳鸿海还有一点感动，觉得石晓晴是个重情义的女孩，觉得自己确实没有看错人。可是，感动之后，他却不主张石晓晴去江西。觉得一旦去了，就没有意思了，可能连那份朦胧的感觉都会失去。

石晓晴非常尊重欧阳鸿海的意见，但想了很久，还是决定去。去了，一份心思也就了却了。

欧阳鸿海见石晓晴态度坚决，就支持她，并打算陪石晓晴一起去。

石晓晴没说话，想了半天，摇摇头，说不好，我还是自己去。

欧阳鸿海声明自己没有恶意，甚至不是小心眼。

石晓晴说知道。但她还是决定自己去。她无法带着欧阳鸿海去见包诗度。

欧阳鸿海见石晓晴态度坚决，就没有再坚持，同意石晓晴自己一个人去。

石晓晴要去的地方叫上饶。石晓晴以前隐隐约约听说过“上饶集中营”，但没去过，更不知道江西有两个上饶。除了上饶市之外，旁边还有一个上饶县。包诗度就是上饶县人。

关于包诗度家庭的情况，还是欧阳鸿海帮石晓晴打听的。欧阳鸿海现在不仅和副导演是朋友，一个戏拍下来，他和导演也成了朋友，并且似乎是比副导演更要好的朋友。导演也是系主任，能看学生档案，所以欧阳鸿海就能清楚地掌握包诗度的家庭情况。

欧阳鸿海把石晓晴送到机场，一再叮嘱石晓晴一路要注意安全。石晓晴说知道。

欧阳鸿海不放心，换个班机，悄悄跟在后面。

上饶没有机场，石晓晴只能飞到南昌，然后从那里乘火车或长途汽车去上饶。欧阳鸿海帮她查看了地图，认为乘飞机到杭州也可以，因为上饶挨着浙江，离杭州也很近。可石晓晴心里惦记着包诗度是江西人，而江西的省会是南昌，所以坚持飞南昌。

下了飞机，本来想好是乘火车去上饶的，没想到机场就有直达上饶的长途大巴，喊着叫着请石晓晴上车。石晓晴经不住蛊惑，上了汽车。结果，欧阳鸿海居然先她一步到了上饶。

欧阳鸿海给石晓晴打电话，问她现在在哪里。

手机对手机，石晓晴看不出欧阳鸿海也到了江西。石晓晴在手机里发牢骚，说自己上当了，到现在还在路上慢慢爬，早知道坐火车就好了。欧阳鸿海安慰说没关系，只要安全到达就好，并再次提醒石晓晴注意安全。

石晓晴到达上饶的时候，欧阳鸿海远远地看着，并没有上前打扰。一直到到第二天上午，石晓晴从上饶县文化馆沮丧地出来，欧阳鸿海才露面。

上午石晓晴找到文化馆的时候，接待她的人很诧异，说这是怎么了，昨天下午深圳一个男的来打听包国伟，今天上午东莞一个女孩又来打听包国伟。

文化馆的人告诉石晓晴，包国伟老师因为直肠癌，上个月已经不幸去世了。石晓晴又问他儿子包诗度的下落。文化馆的人摇头，说不知道，好像听说在广东打工。

石晓晴头晕，好像昨天的晕车持续到了今天。遂告辞，走出文化馆，却正好碰见欧阳鸿海。

石晓晴并没有太意外，仿佛她预料到欧阳鸿海会在这里出现，但眼泪还是不争气地流了出来。

欧阳鸿海比石晓晴清醒，觉得既然来了，就总要做点什么。

石晓晴有些茫然，不知道能做什么。

“他父亲在这里总该有个家吧。”欧阳鸿海提醒。

石晓晴一愣，觉得是。

两个人又一起进了文化馆。

文化馆的人说是，包国伟是有一个家，而且就在文化馆后面。房子原来是文化馆宿舍，现在早已经房改给了个人，不知道卖了没有。

旁边的一个人搭话，说没有卖，但里面肯定没有人。

搭话的人比较热心，说自己和包国伟是邻居。

“能带我们去看看吗?”石晓晴请求。

这时候，文化馆的人已经知道她是包诗度的同学，见人家女孩这么大老远来一趟也确实不容易，于是就答应带他们去看看。

欧阳鸿海很会做人，自己不抽烟，这时候在路上还特意买了烟，塞给对方。对方退让了一下，接受了，随即话也更多了一些。从这些话中，石晓晴知道包诗度的母亲是上海人，上山下乡到江西，考进了县剧团，跟包诗度的父亲结了婚。改革开放后，跟他父亲离婚，一个人回上海了。头几年还偶然回来看看儿子，后来就再也没有见到了。

说话间就到了文化馆的老宿舍，现在房改给职工的家。

三层楼，通走廊。包诗度的家在西面最里面一套。门口和门上都积有很多灰尘，不用敲门就知道没有人住。石晓晴看着破落的门厅，仿佛看见了包诗度不顺的一生，百感交集。

还是欧阳鸿海清醒，建议石晓晴把袜子从门上的摇窗塞进去。

热心人继续热心，回家取来纸和笔，石晓晴稍微愣了愣，留下自己的姓名和手机号码，随去年在长沙至东莞的火车上买的两包一共六双袜子，一起塞进包诗度的家。但愿包诗度还能回到这个家，但愿他能看到这张纸条和那六双袜子，但愿他看到这些之后能主动给石晓晴打电话。但愿吧。

第二十七章　等待下一只“黑天鹅”

中国人认为太阳只能从东面升起，不可能从西面出山。西方人认为天鹅只能是白的，不可能是黑色。中国人形容一件根本不可能发生的事情，往往说“除非太阳从西边出来”。西方人在表达这个意思的时候，会说“除非你看见黑天鹅”。二者都是表达根本不可能发生的事情。但事实上，只要人类换一个角度，比如站在月亮上，或者并不离开地球，就是站在地球的两极上，就能推翻“太阳只能从东方升起”的定论。至于黑天鹅，在欧洲文明拓展到澳洲之后，就再不稀罕了，你要是想看，天天都能看见。总之，时代变了，一切以前认为不可能发生的事情，今天都可能发生。如果今天仍然没有发生，那么明天就完全有可能发生。如果明天还没有发生，谁能保证后天不能发生？远的不说，就说2008年，世界上那么多的经济学家和预测大师，哪个能预料到石油价格能在短短的半年之内从每桶一百五十美元跌到四十美元之下？中国有那么多的堪称世界一流的气象专家和所谓的气功大师及易经大师，谁预测过2008年广东能爆发雪灾并且把京广线封冻了？

生活在中华人民共和国湖南省省会长沙岳麓山脚下的石学礼何竹青夫妇，做梦也没有想到自小聪明好学做事规矩的大女儿石晓雨如今正面临道德危机，更没有想到天生就讨人喜欢活泼灵活并且果然在二十岁之前就赚了几百万的小女儿石晓晴目前正遭遇难以逾越的经济危机。

石晓晴给石晓雨的电话越来越少，主要是不知道在电话里面说什么。说什么石晓雨都唉声叹气，仿佛她面临比石晓晴更大的不幸。后来，石晓晴一旦和石晓雨通电话，就对着话筒说瞎话，报喜不报忧，说股票开始止跌了，房价虽然没有明显回升，但成交量开始放大了，说明房地产市场的刚性需求还是客观存在的，她这个“证券和地产投资人”还是大有希望的。

听到这样的消息，石晓雨的情绪当然稍微好一点，但时间不长，从电话里传出的仍然是唉声叹气。

“寒冬才刚刚开始啊。”石晓雨对石晓晴说。

石晓雨提醒石晓晴对这次金融危机的危害不要掉以轻心。她说美国的经济危机已经从房地产蔓延到投资银行和银行，下一个黑天鹅就是保险信用卡，再然后会侵蚀到实体经济，比如汽车业，美国的三大汽车巨头都在申请救济了。

石晓晴对石晓雨说的这些情况不是非常感兴趣，她已经快一无所有了，再厉害的金融风暴对她也很难发挥威力了。不过，为了姐姐的情绪，石晓晴还是挑其中稍微有点兴趣的东西附和一下。石晓晴对石晓雨说的信用卡危机稍微有点兴趣，原因还是因为狗，因为石晓雨以前说过美国的银行曾经为他们家的狗皮特发放过信用卡，石晓晴对此记忆深刻。

“其实不是银行发的，”石晓雨纠正说，“是信用卡公司发放的。”

石晓雨告诉石晓晴，美国是个市场化高度发达的社会，分工细，所以盛行协作和外包，银行的信用卡一般都外包给专门的信用卡公司做，信用卡公司为了获得高额利润，不惜大量滥发信用卡。除了促进消费之外，大量发放信用卡的另一个好处是可能造成大量透支和大量逾期偿还，而一旦发生逾期偿还，利息就高达17%，远远高于贷款利率，而喜欢超前消费的美国人特别是美国的年轻人经常逾期，所以，信用卡公司就拼命滥发信用卡，甚至发到她们家狗皮特头上。

“你看吧，”石晓雨说，“下一个大面积倒闭潮就是信用卡公司。”

“为什么？”石晓晴问。

“因为信用卡透支的追讨期是六个月，也就是滞后半年，现在半年期限到了，信用卡公司开始大规模追讨了。但它们肯定不能追讨成功，迟早要遭银行起诉，而这些公司都是杠杆比例大得吓人的所谓轻资产公司，并没有多少资产，当然也就没有赔偿能力，不破产倒闭还能有更好的出路吗？”

轻资产公司？这话石晓晴好像听过。她想起来来了，确实听过，上次在特区大学听讲座的时候听郎教授说过，郎教授在宣讲他的“阴谋论”的时候提到过“轻资产公司”。这时候，石晓晴从姐姐石晓雨电话里再次听到这个词，顿时有一种亲切感，仿佛她看英语电视，偶然听懂一句或一个词组一样。于是，她们的通话就能继续进行下去。

能进行这样的对话还算好的，在更多的情况下，石晓雨连说话的精神都没有，仿佛这场金融危机完全是由她一手造成的。石晓晴很想安慰姐姐，但姐姐表现得比她聪明，也比她理性，甚至好像还比她冷静，你让石晓晴怎么安慰？最后，只能逐步减少越洋电话的次数。终于，这样的对话彻底断了。

在石晓晴与石晓雨最后一次通话中，石晓雨向石晓晴吐露了心声。

刚开始她反复说自己对不起父母，对不起石晓晴，对不起客户，对不起这个世界上所有的人。后来问石晓晴：人活在世界上到底是为了什么？

石晓晴哪里知道人活在世界上到底是为了什么？为了吃？为了睡？为了幸福？到底什么是幸福？

说实话，石晓晴也曾经想过这个问题，但是没有想通，最后就干脆不想了。所以，她根本回答不了这个问题。

像以往石晓雨在电话里面给石晓晴所提的一切问题一样，她提问题的目的似乎并非真的要石晓晴给答案。有时候，她提出问题之后，没有等石晓晴回答，她自己就给出答案了。还有时候，问题仅仅是问题，并没有答案。比如现在提的关于人为什么要活着的问题，似乎就没有答案。

最后，石晓雨请求石晓晴要好好照顾爸爸，照顾妈妈，照顾自己。

这是什么话?!

石晓晴一听，这还得了?!

她马上就安慰姐姐，说天塌不下来。

石晓雨笑，是那种歇斯底里地笑，狂笑。

石晓晴意识到大事不好，她恨不能立刻飞到美国，飞到纽约，飞到华尔街，飞到姐姐的身边。但这是不可能的。办美国的签证不是“立刻”就行的。她曾经办过，被拒绝，说她有明显的移民倾向。狗屁！石晓晴当时想，我在中国活得好好的，干吗移民到你们美国？为此，石晓晴很生气，曾经发誓永远不去美国。不过，现在为了姐姐，她不得不去。可签证仍然是个问题，至少不能立刻给她办。

石晓晴想到找美国的朋友，但她哪有美国的朋友。再说这也不是一般的朋友能拜托的事情啊。

“姐夫呢?”石晓晴忽然像找到了救命稻草，问，“姐夫呢?你让姐夫听电话。”

“哈哈哈哈哈……你姐夫呀，他比我更惨！我只是向韩国人推荐了雷曼债券，最多使一部分韩国鬼子倾家荡产，而他呀，比我高端，直接参与了向冰岛政府推销美国国债，真行啊，硬是把一个本来非常富裕的国家弄得要破产了。国家破产啊！你知道什么叫国家破产吗？你说他还有脸活在这个世界上?!”

“啪!”

戛然而止。

给石晓晴的感觉姐姐石晓雨不是把电话挂了，而是把它砸了，并且砸得很猛，存心永远不会再使用它了。

天哪！怎么会出这样的事?!

还能出什么样的事?

石晓晴想起了太阳从西面出山，想起了以前人们认为根本不可能存在的黑天鹅。

现在的黑天鹅也太多了吧?

谁知道下一个黑天鹅什么时候出现?

第二十八章　天下没有免费的午餐

石晓晴决定去美国。就算去了美国也找不到姐姐，她也要决意去美国。

她忽然有些明白人为什么要活着了。

是为了责任。至少有一部分是为了责任。比如她自己，现在就想到了对父母的责任，对姐姐的责任。为了这份责任，她决定去美国。

然而，去美国不是一件容易的事情。

石晓晴相信有钱能使鬼推磨。为了加快速度，她找了专门的旅游公司，并且同意支付加快费。旅游公司同意启用特别通道，快速签证，但必要的手续却不能省。首先就是资金证明。简单地讲，就是石晓晴在银行里存一笔钱，然后由银行开出一张资金证明，证明石晓晴在银行里确实存了这么多现金，并且自证明开出后多少日之内，这笔现金不能动。既不能被取走，也不能被转账，还不能通过银证通来买卖股票。总之，这笔资金暂时被银行冻结。

冻结不是问题，问题是石晓晴现在没有这一大笔现金。石晓晴的现金都用来按揭买房了，现在房价跌得厉害，而且有价无市，深圳房地产市场上所谓的成交量基本上都是特区外的小户型房子，石晓晴手上这些特区内的大户型房子，无论开出什么价，估计眼下也不会有人敢接受，总会想着价钱还能再跌一些。既然还能再跌一些，干吗现在买？所以，她现在手上根本就没有现金。

石晓晴也想到了卖股票。但由于一下子买了三套房子，石晓晴账户上的股票并不多，且不说价格跌得吓死人，现在卖股票确实等于割肉，就是石晓晴真舍得割肉，估计卖出去的钱也不够旅游签证的保证金要求。再说，石晓晴还指望这些股票的逐步抛出来按月支付三套房子的按揭款，如果这时候把股票抛了，在割肉的价位抛了，那么，她今后的日子还过不过？如果不过，还不如她自己死掉算了，还去美国干什么？

石晓晴想到了借钱。

这可不是一笔小钱。要借只能找对自己非常信任的人。

光有信任还不行，还必须是非常有钱的人。

很显然，自己父母不行。父母虽然信任她，但肯定没有这么多钱。再说即便父母有，石晓晴也不能开口。因为一旦开口，就等于告诉父母她的处境，告诉父母石晓雨的处境，那不等于要父母的命吗？

孔教授和王莹这样的人也不行，关系没到这一步，而且他们也没有这么多钱。

想到最后，可能的人选只有三个：一是邓爸爸，二是包诗度，三是欧阳鸿海。

首先被排除的是邓光辉，也就是石晓晴的邓爸爸。但不管是邓光辉还是邓爸爸，石晓晴已经找他借过钱了，实在没脸再开口借第二次，否则就是得寸进尺了。石晓晴最讨厌得寸进尺的人，自己当然不能做这样的人。再说，说到底，邓爸爸的关系是母亲何竹青的关系，当年石晓晴背着母亲找邓爸爸借钱已经非常不厚道了，今天如果再这样做，那就等于是不要脸了。石晓晴不能不要脸，所以绝对不能再向邓爸爸开口。

第二个被否定的是包诗度。否定的原因不是他没有钱，也不是石晓晴不好意思开口，而是石晓晴根本就找不到他。当年石晓晴从江西上饶回来之后，就天天盼望着包诗度的电话，或者是来信，但包诗度一直到现在也没有来信或来电话。尽管这些年石晓晴的电话换了，地址也变了，但她相信，如果包诗度要找她，比如回学校去打听她，还是能打听到的。但是，包诗度没有来找，一直都没有。

石晓晴相信包诗度肯定回过他在上饶的那个家，也一定见到石晓晴留给他的六双袜子和那个纸条，他为什么不给石晓晴打一个电话呢？是心里根本就没有石晓晴，还是石晓晴在他心里太重，重到他不敢联系的程度？石晓晴宁可相信是后者。因为相信是后者能让她心里温馨一些。

石晓晴也风言风语听说过一些包诗度的情况。说他就在深圳，找了一个比他大许多的有钱女人，所以现在他也很有钱了。

石晓晴认为深圳看起来很大，但有钱人的圈子很小，总共一千多万人口的深圳有户籍的才一百多万，真正有钱的人就更少了，所以，石晓晴想象在这个很小的圈子里，早晚有一天她能碰见包诗度。事实上，她也确实碰见过许多当年的剧组同事和粤港影视艺术职业学院的同学和校友，并且他们中的有些人还说在沙河高尔夫球场和彭年旋转餐厅等地方碰见过包诗度。既然如此，石晓晴疑惑，我为什么就碰不见呢？

“可能是他故意不想见你吧。”欧阳鸿海帮她分析。

或许吧，石晓晴想。

总之，石晓晴现在根本就找不到包诗度。既然找不到包诗度，那么当然就不可能向他借钱。如此，剩下的就只有欧阳鸿海这一条路了。

石晓晴打电话约欧阳鸿海出来。她觉得借钱这种事情最好当面说，电话里面说不清楚。

石晓晴和欧阳鸿海的关系最后还是从地上发展到床上，并且是石晓晴自己主动的，而不是欧阳鸿海强迫的，甚至不是欧阳鸿海诱惑的。当年他们在江西上饶，欧阳鸿海曾经建议去婺源或山青山玩玩，因为上饶离这两个地方都很近。但石晓晴没有去，主要是没有心情。如果去了，或许那时候他们就上床了。因为旅游在外，不用问，导游就会把一起旅游的一男一女安排在一块。但石晓晴没有去，所以他们就没有被导游安排在一块。从江西回来之后不久，石晓晴就毕业了。学院已经兑现承诺，给了石晓晴上电视剧的机会，当然也就不会给她安排工作了。这也不是针对石晓晴一个人，大家都一样，连国家一类本科大学毕业生都不包分配，只管推荐，粤港影视职业学院当然也只能是推荐。而说到推荐，从给他们上戏机会的那天起就已经做了。事实上，参加拍戏的过程其实就是介绍学员和导演及制片人认识的过程，导演和制片人如果对剧组中的某个学员有意，还用学校推荐嘛，下个戏直接约她就行了。可是，没有人约石晓晴。因为大家认为石晓晴已经有出路了。既然她已经有出路了，人家当然就不用再约石晓晴了。

石晓晴所谓的“出路”就是欧阳鸿海。大家认为石晓晴已经是欧阳鸿海的人了，也就是说石晓晴是“有主”的人了。既然“有主”，那么谁也不愿意再惹这个臊。

这是一种奇怪的心理，也是一个奇特的潜规则。当时石晓晴不懂，还以为是自己技不如人，或长得不漂亮，根本没有把无人和她签约这件事情与她和欧阳鸿海的关系联系在一起。好在她有钱了，有没有人请她排戏无所谓。

石晓晴听从欧阳鸿海的建议，在深圳买了房，安定下来，并且由于她是靠炒股票发家的，所以在深圳安定之后每天的主要工作就是炒炒股票。可惜再也没有碰到买 B 股那样的好行情，当然也就没有像那样赚到大钱。有时候赚一点，有时候赔一点，输赢不大，生活无忧。但是，这不是石晓晴所追求的生活。她的梦想是生活在聚光灯下，当明星。石晓晴不甘心。她开始打听，打听人家为什么不请她。终于，她从周萍那里获得了准确答案。石晓晴很生气，说这些人怎么这么想我，我和欧阳鸿海之间明明是清清白白的。但是，石晓晴这话除了她自己相信之外，没有任何人相信，连周萍都支支吾吾。

石晓晴关上门在家里睡了几天。有那么两天，她甚至有点恨欧阳鸿海，觉得是欧阳鸿海把她毁了。不错，她是需要钱，但如果因为钱，自己一辈子不能演戏，那么我要钱干什么呢？二百多万不是个小数字，但也不能因为二百多万就把自己彻底卖了呀！石晓晴忽然意识到，她和欧阳鸿海之间的事情应该有一个了断。怎么了断呢？石晓晴第一个想到的是重新分配那二百多万，分一半给欧阳鸿海。如果分一半给欧阳鸿海，或许我就不欠他的了吧？石晓晴认为理清她和欧阳鸿海关系的第一步就是首先要做到不欠他的。

不行，石晓晴又想，现在分一半给欧阳鸿海他肯定不要。再说，分给他一半就真的能和他脱得了干系了吗？

石晓晴忽然发觉天下确实没有免费的午餐，有时候看上去免费了，其实并没有免费，只是推迟了偿还期罢了。比如欧阳鸿海帮她赚了一大笔钱，表面上没有要她任何回报，现在你看，搞得自己连戏都演不成了，更不要说当明星，这些其实都是代价啊。

所以，石晓晴决定把欠欧阳鸿海的还了。这是石晓晴当时最迫切的想法。

怎么偿还？

石晓晴想到了他们的初吻，包括戏剧中虚假的初吻和汽车上真实的初吻。石晓晴想到了欧阳鸿海偶尔流露出的那种眼神，想到了他们床上戏中欧阳鸿海那真实的反应，想到他曾经建议他们去山青山和婺源。

石晓晴邀请欧阳鸿海去海南，说她还从来没有去过海南，她一个女孩子单独去不方便。说欧阳鸿海帮她赚了那么多的钱，总该给她一个感谢的机会，所以她要请欧阳鸿海去旅游。

果然，导游连问都没问，就把他们俩安排在一个标准间。于是，在海口，在兴隆温泉，在亚龙湾，他们都经历了蜜月般的柔情。特别是在海口，当欧阳鸿海发现石晓晴还是处女的时候，他激动得双膝跪在地毯上，久久不敢起身突破。

欧阳鸿海告诉石晓晴，这也是他的“第一次”，因为他老婆跟他的时候并不是处女。

而石晓晴当时的真实想法是：我不欠你的了。

他们的关系到此为止。对石晓晴来说，欧阳鸿海不是她理想中的白马王子。她觉得自己还很年轻，今后的路还很长，还有可能成为真正的明星，所以她不可能嫁给欧阳鸿海。她主动约欧阳鸿海出来旅游，并把自己的第一次毫无保留地给他，不是出于爱，更不是打算嫁给他，而仅仅是为了还债。而对于欧阳鸿海，他也没有想着能娶石晓晴。一方面，他还不是真正的有钱人，没有资格与老婆离婚，也没有资格娶石晓晴这样的女孩，另一方面，老婆已经怀孕了，他感到了对孕育中的生命的巨大责任。在这种情况下，他也不可能和老婆离婚。因此，石晓晴和欧阳鸿海的关系在海南三亚画了一个大大的句号。

然而，摆脱欧阳鸿海后的石晓晴并没有成为明星。几经努力，终于有一个导演答应让她演女二号，为此，导演经常找她，把她搞得像三陪。这还不算，还把她介绍给制片人，介绍给一切他认为对自己重要的人。是不是真能出演女二号还不一定，出演了女二号是不是就成明星了更不一定，石晓晴就感觉自己像个极力推销自己的三陪女了。她不适应，也觉得自己怪亏的。倘若石晓晴一无所有，必须依靠当演员生活，或许她就认了。不是有那么多人都认了吗？自己最要好的朋友周萍不是也认了吗？但是，石晓晴是有钱人，不需要靠这个生活，所以，她不接受这样的生活。再说，那些认了的女孩就真能成为明星了吗？别人不说，就说周萍，认了那么多的“潜规则”，不是最终也没有成为明星吗？再扩大一点，他们那个班，他们那一届，甚至他们整个学院，又有谁成为真正的大牌明星了呢？没有，一个也没有。所以，石晓晴仿佛忽然开窍了，觉得与其给那些导演和制片甚至编剧摄像当三陪，混一个不大不小的受气的角色，还不如好好地做投资，赚钱，等赚了足够的钱，自己投资拍摄电影或电视，自己安排自己当主角。

石晓晴有时候也想，如果欧阳鸿海没有帮她挣到那一大笔钱，自己被迫和周萍一样，认那些“潜规则”，甘愿当“三陪”，考虑到自己的条件比周萍好，是不是真能把自己逼成一个明星来呢？有可能，但希望不大，因为真正能够成为明星的毕竟是少数中的少数，好比买彩票中大奖一样，自己怎么就能保证只要舍得献身就一定能中大奖呢？所以，石晓晴并不恨欧阳鸿海。不但不恨，还很感激欧阳鸿海。她甚至偶尔想，如果这个时候欧阳鸿海和他老婆离婚，反过来追求她，自己说不定还真嫁给他呢。

毕竟，这个世界上真正的好男人实在太少了。

第二十九章　生死华尔街

石晓晴约欧阳鸿海见面的地方叫东座酒店，听上去和日本东京到处都是的某某银座差不多。

东座酒店位于深南大道香梅路口。对于有车的人来说，这是一个很方便的地方。况且，东座酒店正好处在深南大道的中间。欧阳鸿海家住南山，石晓晴住罗湖，石晓晴把约会的地点选在东座酒店，充分体现了她心中对平等与公正的永恒追求。

这不是最重要的。最重要的是东座酒店的布局确实很像东京的银座。楼下是暧昧的咖啡屋，楼上是私密的单人间，符合一男一女先在楼下喝咖啡聊天，聊得不好，开车走人，聊得好，立刻开房上去亲密的实际需求，连大门都不用出了。

石晓晴也是这么想的。不过，石晓晴并非这么势利。她约欧阳鸿海来东座酒店的目的当然是谈借钱的事情，但不管是不是能谈成，既然约他来了，那么，她就做好了和他开房上去的思想准备。毕竟，欧阳鸿海给了她人生中太多的第一次，包括第一次接吻，第一次挣钱，第一次做真正的女人，等等等等。石晓晴忽然发现，一男一女只要以前上过床，那么，在条件许可的情况下，再次上床的可能性就非常大。敢情这上床也好比做生意，和熟人做总比和生人做好。当然，还必须有另外两个条件，双方没有伤和气并且没有其他障碍。现在石晓晴和欧阳鸿海之间就没有伤和气，并且也没有明显的障碍。至少在石晓晴这边，几乎是没有任何障碍，因为她至今没有结婚。

石晓晴谈过不少朋友，但都没成功。其中的原因，用石晓晴在电话里面对姐姐石晓雨的说法，就是深圳漂亮的女人太多了，所以把深圳的男人惯坏了。稍微条件好一点的男人，都摆出一副不可一世的样子，仿佛世界上所有的女人都想嫁给他，因此他不必珍惜任何女人。石晓晴心中的好男人标准并不高，她没有不切实际地希望追寻当年对包诗度那样的感觉，只要各方面条件不能低于欧阳鸿海就行了。按说石晓晴的这个要求并不高，如果对方的条件低于欧阳鸿海，那么当初她还不如直接嫁给欧阳鸿海了。石晓晴相信，如果当初她愿意嫁给欧阳鸿海，欧阳鸿海是可能与他老婆离婚的。可是，就是按照欧阳鸿海的标准，包括欧阳鸿海的长相、欧阳鸿海的学历、欧阳鸿海的经济状况，以及欧阳鸿海对她的大方和大度，石晓晴到现在还没有发现一个。所以，这个时候，无论借钱的事情谈得怎么样，假如欧阳鸿海想和她重温旧梦，石晓晴也不是完全不能考虑的。

两个人见面，石晓晴开诚布公地说明来意。

这就是老熟人的好处，不需要拐弯，不需要铺垫。

欧阳鸿海听得很认真，这从他脸上表情的变化就能看出来。

石晓晴说得很清楚，就是暂借一下，存折和她的身份证都可以一起委托欧阳鸿海保管。

“反正出国也不需要带身份证的。”石晓晴说。

“不是不是，”欧阳鸿海说，“我们之间还说这个？你石晓晴我还不了解，别说几十万了，几百万也不需要这样。”

石晓晴笑了，心里想，这就好。

“不过，”欧阳鸿海说，“我的情况你不是不知道吧？”

石晓晴摇头，她确实不知道。

“我老婆把整个公司交给我了，现在我是真正的‘老板’了。”欧阳鸿海说。

石晓晴点头，同时心里想，那不更没问题了？

“所以，我没有私房钱了。前两年订单突然增加，我不得不扩大厂房增加设备，把自己的私房钱全部填进去了。”欧阳鸿海接着说。

石晓晴仍然点头，表示相信，同时心里暗想，不一定要私房钱啊，公司转几十万也不是不可以啊。

“公司的情况你知道，”欧阳这才说到实质，“美国爆发金融海啸，没有订单了，我现在所做的工作就是辞退员工、退租厂房、应付债主，公司里哪里还有闲钱呀。”

这下石晓晴不点头了，也没有说话，大脑一片空白。她忽然想起孔教授说的话，说这场金融海啸对我们中国的影响是反过来的。美国是从金融行业往实体蔓延，我们中国是反过来的，从实体经济向金融侵蚀，如果这样，那么对我们来说，影响不是才刚刚开始？她又想到了姐姐石晓雨的话，想到姐姐目前的处境。

“对不起，”欧阳鸿海说，“我不是推脱，实在是自身难保。”

石晓晴仍然没有说话，但点了一下头，她相信欧阳鸿海说的是实话，也赞同欧阳鸿海说的“自身难保”，并且想到她自己现在也并不比姐姐石晓雨好多少，其实也是自身难保啊。

欧阳鸿海开始劝石晓晴，让她不要冲动，她姐姐绝对不会有事情的。

“如果真有事情，你反而能找到她了。”欧阳鸿海说。

石晓晴愣了一下，反应过来，知道欧阳鸿海说了半句话，如果说全，意思是如果姐姐真自杀了，比如跳楼了，她这边反而得到消息了。就是她这边得不到消息，她父母那边一定得到消息。而父母得到消息不就等于她得到消息了嘛。

“你放心，”欧阳鸿海继续宽慰石晓晴，“她说不定这时候正驾车在美国的高速公路上一路狂奔呢。”

石晓晴露出一点笑容。她希望如此。

“你看吧，”欧阳鸿海这时候有些神采飞扬了，“等她开累了，说不定她就用手机打给你。”

石晓晴笑得明显了，仿佛看见姐姐在美国一个加油站给自己打电话。

“你赶快回家，”欧阳鸿海最后说，“什么都不要做，就在家里等电话。”

石晓晴彻底放松了，好像什么事情都没有了，自己完全不用去美国了，当然也就不必办什么狗屁签证了，更不用借钱存银行开什么资金证明了。

“回家!”欧阳鸿海补充道,“美国人喜欢用座机,也喜欢打座机。”

石晓晴慌张了一下,这就要走,喊服务员买单。

欧阳鸿海挥挥手,让她快走,单由他买。

石晓晴一路小跑到停车场,远远地就用遥控器打开车门,感觉家里的电话正在响起,而打电话的人正是自己的姐姐石晓雨。可是,就在她拉开车门准备坐进去的那一刹那,石晓晴突然感觉停车场的那边有一个人在注视着自己。

包诗度!

离得蛮远,阳光太强,其实根本看不清,但石晓晴相信那人一定是包诗度!

已经微微弯下的身子又重新直起来。石晓晴倚门而立,看着包诗度。她在等,等着包诗度也认出她,然后惊喜地喊她,并且惊喜地跑过来。

为了让包诗度能认出她,石晓晴摘下墨镜,又把长发向后捋了捋,以便包诗度能清楚地看见她的脸庞。

石晓晴相信,身材或许已经变化,但脸庞的轮廓还是能辨认的。

果然,包诗度认出了她。不,应该是确认了她,认出可能早就认出了,只是不敢确定罢了。

作为包诗度认出石晓晴的一个重要标志,是他整个身子突然向上顶了一下,从脚尖到脖子,包诗度把整个身体伸展了不少,仿佛一下子长高了。

可不是嘛，石晓晴想，真的长高了一些啊。

石晓晴仍然没动，她继续期待，期待着包诗度奔跑过来。

包诗度奔跑了！尽管奔跑的速度不快，但毕竟奔跑了！

随即，石晓晴的心跳也突然提速，感觉心脏像包诗度的身体一样，猛地往上提起来不少。

但是，包诗度并没有往石晓晴这里奔跑，而仅仅是围着车子绕了半个圈，从正驾驶的位置奔跑到副驾驶的位置，拉开车门，从副驾驶的位置上引出一个阿姨。

对，是阿姨。石晓晴应该喊她阿姨。

难道是包诗度的妈妈?

有可能。包诗度的妈妈在他很小的时候就离开他们父子回上海了。难道现在父亲去世了，包诗度又找到他母亲了？或者他母亲找到他了？都是有可能的。

不对。从他们之间眼神和动作看明显不是母子，而更像是老妻少夫，或者干脆像富婆和“二爷”。

老妻少夫往这边走来，离石晓晴越来越近了。石晓晴看得非常清楚。她相信包诗度也认出了她，却不敢正眼看她罢了。

石晓晴突然觉得一阵恶心，不得不迅速坐到车里。等老妻少夫走近这里，石晓晴突然一个倒车，把“阿姨”吓了一跳，张口就骂。

石晓晴不予理会，反正也没有碰到，反正她本来就该倒车的，不倒车怎么开走？

石晓晴一踩油门，呼啦一下扬长而去。

一路高歌猛进。石晓晴把朗朗的钢琴曲音量放到最大，并且打开天窗，让激昂的《保卫黄河》响彻整个深南大道。

石晓晴不知道自己有没有闯红灯。不管它了，不就罚款嘛，罚吧。她已经忘了闯红灯还有可能出车祸。现在的她几近失智。

回到家，一切骤然归于平静。石晓晴突然有些同情包诗度起来。想着他怪可怜的。母亲在他那么小的时候就离家而去，父亲又早早地离世，他一定是渴望长辈的关爱，迫不得已才甘愿当小丈夫或“二爷”的。

不想他啦，见鬼去吧！他和我没有任何关系了，还是想姐姐吧。

石晓晴来到电话机旁，查看来电显示。

电话机的位置比较低，石晓晴干脆跪在地毯上。

没有。任何来电都没有。

石晓晴茫然地坐在地毯上，背靠沙发，手捧电话，做无尽的等待。

她相信欧阳鸿海的话，相信自己一定能等到来自美国的越洋电话。不是姐姐打来的，就是其他什么人打来的。这可是两种截然不同的电话啊，其差别之大关乎生死。

“丁零零——”

电话骤然响起，把石晓晴吓了一跳。

一看来电显示，果真是国际长途。

石晓晴把手搭在话筒上，却没有立刻提起。

她第一次感觉小小的话筒是那么的沉重，仿佛以她之力根本提不起来。

毕竟，这是一个关乎生与死的电话啊！

图书在版编目(CIP)数据

生死华尔街／丁力著．－－北京：中国文史出版社，2021.7

（中国专业作家作品典藏文库．丁力卷）

ISBN 978－7－5205－2877－1

Ⅰ．①生… Ⅱ．①丁… Ⅲ．①长篇小说－中国－当代 Ⅳ．①I247.5

中国版本图书馆 CIP 数据核字(2021)第 025273 号

责任编辑：薛媛媛

出版发行：**中国文史出版社**

社　　址：北京市海淀区西八里庄路 69 号院　邮编：100142

电　　话：010－81136606　81136602　81136603（发行部）

传　　真：010－81136655

印　　装：北京新华印刷有限公司

经　　销：全国新华书店

开　　本：720×1020　1/16

印　　张：15.5　　　字数：153 千字

版　　次：2021 年 7 月第 1 版

印　　次：2021 年 7 月第 1 次印刷

定　　价：52.80 元